Corinna Gieseler

Das Geheimnis des Bücherhüters

Zur Erinnerung
an R. E.

Corinna Gieseler, 1962 in Flensburg geboren, studierte Germanistik und Kunstgeschichte in Würzburg. Sie arbeitete einige Zeit als Kinder- und Jugendbuchlektorin. Seit 1987 ist sie freie Autorin und hat sehr erfolgreich zahlreiche Geschichten veröffentlicht, u. a. für Leseanfänger, Ponyliebhaber und Bücherfreunde.

Corinna Gieseler

Das Geheimnis des Bücherhüters

Mit Vignetten
von Barbara Scholz

Dressler Verlag · Hamburg

Dein SPIEGEL Lieblingsleser-Edition
alle Titel:

Marliese Arold, Die Delfine von Atlantis
Kirsten Boie, Alhambra
Suzanne Collins, Gregor und die graue Prophezeiung
Cornelia Funke, Die Wilden Hühner – Jungsalarm
Corinna Gieseler, Das Geheimnis des Bücherhüters
Gernot Gricksch, Die Paulis außer Rand und Band
Watt Key, Alabama Moon
Guus Kuijer, Das Buch der erstaunlichen Freundschaften
Sabine Ludwig, Die schrecklichsten Mütter der Welt
Antonia Michaelis, Jenseits der Finsterbach-Brücke
Christine Nöstlinger, Konrad oder Das Kind aus der Konservenbüchse
Maria Parr, Sommersprossen auf den Knien

MIX
Papier aus verantwortungsvollen Quellen
FSC® C083411
www.fsc.org

Einmalige Sonderausgabe

Einbandgestaltung: Andrea Hillmann und Cindy Fröhlich
Mit Vignetten von Barbara Scholz
Druck und Bindung: CPI – Clausen & Bosse, Leck
Printed 2012
ISBN 978-3-7915-0725-5

www.dressler-verlag.de

Hugo Schmalfuß

Haushaltsauflösungen
und Entrümpelungen

stand auf dem weißen Lastwagen, der vor dem verfallenen dreistöckigen Haus parkte. Männer in blauen Arbeitsanzügen trugen ächzend Möbelstücke, Kartons und Elektrogeräte aus der mit Efeu überwachsenen Eingangstür. Ein Herr in grauem Mantel, der etwas abseits im ungepflegten Vorgarten stand, überwachte das Ganze. Ab und zu rieb er sich die kalten Hände und schaute nervös auf die Straße.

Hätte er einmal genauer zu den blinden Fenstern des Hauses hinaufgesehen, wäre ihm sicher einiges aufgefallen. Zumindest hätte er erkannt, dass der Besitzer wohl einen merkwürdigen Geschmack gehabt haben musste. Unter den Dachtraufen lugten hässliche steinerne Fratzen hervor, auf dem Geländer des baufälligen Marmorbalkons im ersten Stock hielt ein aus Stein gehauener Affe neben einem grinsenden Totenkopf Wache. Auch der altmodische Klopfer über dem Namensschild an der Haustür war seltsam geformt: eine Schlange mit Hörnern, die den Messingring zwischen spitzen Giftzähnen hielt.

Man hätte noch ein dutzend mehr solcher Wunderlichkeiten bestaunen können, es hatte aber niemand Zeit dazu.

In einem unablässigen Strom zogen die Männer vom Haus zum Lastwagen, dessen Inneres sich zügig mit krakenarmigen Deckenleuchtern, Eichenvitrinen, chemischen Apparaturen, exotischen Waffen, Ölgemälden und tausend anderen sehr abgenutzten oder sehr unbrauchbaren Dingen füllte.

Am Ende wurden nur noch schwere Bücherkisten über den bemoosten Plattenweg geschleppt, mindestens hundert Stück. Die letzte wäre den beiden rotgesichtigen Muskelmännern beim Einladen beinahe aus den Händen gerutscht. Mit einem kräftigen Schubs landete sie auf der Ladefläche.

»So viel nutzloses Papier«, sagte der eine.

Der andere, ein Älterer mit Schnauzbart, nickte. »Gibt ein schönes Feuer.«

Keiner von beiden bemerkte die zwei pelzigen Pfoten,

die plötzlich in der Trageöffnung der Kiste erschienen. Lange, scharfe Krallen zerrten verzweifelt am Karton.

»So, Chef, wir wären dann so weit«, sagte der Ältere zu dem ungeduldigen Herrn, während sein Kollege schon die Türen des Möbelwagens verschloss. »Wenn Sie dann bitte hier unterschreiben wollen.« Er zog einen Zettel aus der Brusttasche seiner Arbeitshose.

Der Mann im Mantel setzte seinen Namen auf das Papier und wartete, bis alle eingestiegen waren. Erst als der Laster mit einem dumpfen Brummen ansprang, zog er die Eingangstür des Hauses zu, schloss sorgfältig ab und schritt zu seiner dunklen Limousine. Leise schnurrend entfernte sich der Wagen im Nebel.

Niemand sah die sonderbare Gestalt, die in diesem Moment am Fenster des Turmzimmers erschien.

In der Leihbücherei von Schwuppstädt herrschte an diesem stürmischen Herbstnachmittag helle Aufregung. Die Leiterin, Frau Dobschütz, stand mit strenger Miene hinter ihrer neuen Angestellten, die nun schon seit einer Ewigkeit etwas auf dem Bildschirm ihres Computers suchte.

»Das ist bestimmt nur ein Programmfehler«, sagte die junge Frau verzweifelt.

Vor ihrem Tisch wartete eine lange Reihe ungeduldiger Kinder. Das hintere Ende der Schlange, wo vier oder fünf Kindergartenzwerge quengelnd an den Händen ihrer Mütter zerrten, verstopfte schon den Eingang.

Ganz vorn am Büchereitresen stand ein Junge und er war die Ursache für den Stau. In der Hand hielt er den blauen Büchereiausweis mit seinem Namen darauf: *Momme Beer*.

Obwohl man »Bär« anders buchstabiert, sah Momme tatsächlich ein bisschen wie ein netter Teddy aus. Er war klein und stämmig, mit einem runden Gesicht, seine braunen, ungekämmten Haare wirkten wie strubbeliges Fell, und wenn es drauf ankam, konnte er so unheimlich lieb gucken, dass jede Oma ihn auf der Stelle als Enkel adoptieren wollte. Im Augenblick half ihm diese nützliche Eigenschaft jedoch überhaupt nicht weiter.

»Mach schneller, Momme, ich will endlich nach Hause«, rief ein Mädchen mit rotblonden, halblangen Haaren.

Zu ihrer kichernden Freundin gewandt fügte sie hinzu: »Der Bücherwurm sollte lieber ein paar Querpässe üben, statt hier alles aufzuhalten. Morgen ist Hallenfußballturnier und wir wollen nicht schon wieder seinetwegen blöd dastehen.«

Momme senkte verlegen den Kopf. Diese Finja mit ihrer großen Klappe! Seit sie neuerdings bei der Tierschützer-AG mitmachte und Fledermäuse, Molche und Ponys rettete, mischte sie sich einfach in alles ein. Es brauchte doch wirklich nicht halb Schwuppstädt zu wissen, dass Momme neulich das entscheidende Tor vergeigt hatte.

Und was war so schlimm daran, ein Bücherwurm zu sein?

Die meisten Kinder verstanden einfach nicht, warum es Momme immer wieder in die Bücherei zog. Nicht einmal sein Freund Tobias begriff, wieso Momme sich mehr mit stummen, gedruckten Helden beschäftigte als mit Fußball oder Computerspielen.

Dabei war das echt spannend. Man konnte in die Geschichten und ihre Personen hineinschlüpfen und tolle Abenteuer erleben, Dinge tun, die man sich in Wirklichkeit nicht trauen würde oder die einem niemals gelangen. Wie zum Beispiel der entscheidende Querpass in der zweiten Halbzeit, kurz vor Abpfiff. In den Fußballgeschichten aus der Leihbücherei lieferten die Spieler derartige Kunststücke mit links ab.

Mindestens genauso cool fand Momme es allerdings, sich richtig zu gruseln, auch wenn er dann manchmal hinterher beim Schlafengehen die Decke ganz fest um sich zusammenziehen musste, damit der verrückte blutige Würger ihn nicht von hinten erwischte.

Schreckensnacht auf Burg Schockstein war solch ein Buch und es hatte Momme so umgehauen, dass er es gleich zweimal gelesen hatte.

Tobias hatte noch nie etwas davon gehört.

»Da stehen super Tipps drin, wie man Mädchen erschrecken kann«, hatte Momme ihm heute in der Schulpause erzählt. Da hatte Tobias tatsächlich mal die Ohren gespitzt. Weil Halloween kurz bevorstand, beauftragte er Momme, das Buch für ihn auszuleihen.

Und genau das war der Grund, warum Momme nun hier in der Bücherei stand und für Wirbel sorgte: Er fand das Buch nicht mehr. Irgendwie war es nämlich verschwunden!

»Ich bitte Sie, Frau Leis, wie ist denn das möglich?«, sagte Frau Dobschütz nun schon zum x-ten Mal. Sie deutete mit ihrem sorgfältig gefeilten Zeigefingernagel auf den Bildschirm.

»Hier steht doch ganz klar: *Schreckensnacht auf Burg Schockstein* wurde vom letzten Ausleiher fristgerecht abgegeben und wieder eingebucht. Das Buch muss nicht ordnungsgemäß eingeräumt worden sein.«

Dabei durchbohrte ein missbilligender Blick ihre junge Mitarbeiterin.

Die sackte auf ihrem quietschenden Bürostuhl noch ein bisschen mehr in sich zusammen.

»Ich habe es aber an seinen Platz gestellt, das weiß ich genau«, sagte sie mit so viel Willenskraft, wie sie aufbringen konnte. Amelie Dobschütz mit der teuren Designerbrille auf ihrer Papageienschnabelnase war eine schrecklich einschüchternde Erscheinung.

»Dort ist es aber nicht«, stellte Frau Dobschütz messerscharf fest. »Also: Wo ist es dann?« Sie sah zu Momme hinüber. »Verstellt? Oder gestohlen?«

Momme zuckte zusammen. Meinte sie etwa, dass er etwas mit dem fehlenden Buch zu tun hatte?

Auch Frau Leis warf Frau Dobschütz einen verwunderten Blick zu. Die Kinder in der Reihe hinter Momme begannen miteinander zu tuscheln.

Momme spürte, wie sein Gesicht rot anlief. Das war ein richtiger Albtraum. Nichts wie raus hier!

»Vielleicht hab ich mich ja geirrt«, murmelte er und zog sich langsam zurück. »Vielleicht steht es doch im Regal. Ich guck besser noch mal ... Oder ich suche mir einfach ein anderes Buch aus ...«

Mit ein paar Schritten verschwand Momme zwischen den Regalreihen der Kinderbuchabteilung, begleitet von lauten Begeisterungsschreien aus der Warteschlange. In sicherer Entfernung atmete er tief durch. Diese Frau Dobschütz war eine ganz grässliche Ziege!

»Tobi kann das Buch selbst ausleihen«, brummelte Momme ärgerlich. »Ich mach mich doch hier nicht seinetwegen zum Affen. So eine faule Socke ...«

Leise schimpfend bog er nach rechts in einen dämmerigen Gang ein und ging bis zum Ende der Reihe. Vor dem letzten Regal blieb er stehen.

»Le-se-al-ter ab acht«, las er sorgfältig das Schild, das dort am mittleren Brett angebracht war. »So, genau hier muss es eigentlich dabei sein.«

Die Leuchtstoffröhre der Deckenlampe über Mommes Kopf flackerte heftig, dann ging sie endgültig aus.

»Mist, ist das dunkel!«, sagte Momme.

Langsam fuhr er mit dem Finger an den Buchrücken entlang. Da standen nebeneinander *Vampir Wladimir will Blutwurst, Gespenster-Hip-Hop im Grandhotel* und *Kommissar Cool und das Geheimnis des kopflosen Ritters*. Von *Schreckensnacht auf Burg Schockstein* jedoch keine Spur, nur eine Lücke klaffte. Vielleicht war der Band nach hinten gerutscht?

Momme fasste mit der Hand in die Lücke. Plötzlich schoss etwas mit einem scharrenden Geräusch hinter den Büchern davon. Im gleichen Moment berührten seine Fingerspitzen etwas Feuchtes, Bröseliges, und ein stechender Geruch stieg ihm in die Nase: eine eklige Mischung aus Käseschweißturnsocken, Hühnerdurchfall, vergammeltem Leberwurstbrot (sechs Wochen gut abgelagert aus dem Schulrucksack!) und sehr, sehr altem Papier.

»IGITT!«, schrie Momme und zog seine Hand zurück. Entsetzt betrachtete er seine Finger, an denen eine lilafarbene Masse klebte. »Was ist das denn?!«

Links neben ihm fielen polternd zwei dicke Bücher zu Boden. Momme wendete den Kopf – und hielt den Atem an. Ein struppiges, wieselgroßes Tier mit einer spitzen Schnauze kroch zwischen den Gruselgeschichten hervor. Es hatte abstehende rote Pinselohren, Hasenpfoten mit langen Nägeln und einen Schwanz, der an eine Teufelsquaste erinnerte. Aus gelben Augen funkelte es Momme an.

»Vade retro!«, brabbelte es, während es eines der Bücher packte und mit ausgestreckten Armen und Beinen umklammerte.

Momme brachte keinen Ton heraus. Sein Kopf fühlte sich merkwürdig leer an, so als habe er alle Wörter, die er kannte, vergessen.

Das Tier beobachtete Momme argwöhnisch. Es schien nicht zu wissen, was es von ihm halten sollte. Als Momme sich immer noch nicht rührte, legte es das Buch wieder hin, schnitt eine Grimasse, wobei es fürchterlich schiefe Zähne und eine lila Zunge zeigte. Dann jagte es über die Buchreihen davon. Mit einem Sprung überquerte es den Gang hinüber zu den Bilderbüchern und verschwand.

Momme schaute stumm hinterher. Plötzlich purzelte

gleich ein ganzer Haufen Wörter in seinen Gedanken durcheinander: »Wahnsinn!« und »So etwas gibt's doch gar nicht!« und was man sonst noch so denkt, wenn man eben etwas ganz und ganz Unwahrscheinliches erlebt hat. Gerade wollte er dem seltsamen Wesen nachschleichen, als, angelockt durch seinen Schrei, Frau Dobschütz heranschoss.

»Was ist denn hier passiert?«, fragte sie mit scharfer Stimme. Gebieterisch zeigte sie auf die am Boden liegenden Bücher. »Heb das sofort wieder auf!«

Momme hatte wirklich keine Lust, sich noch mal eine ungerechte Standpauke anzuhören.

»Da ... da war ein ganz komisches Tier«, sagte er. »In diesem Regal. Eben ist es zu den Bilderbüchern hinübergelaufen.«

»Unsinn.« Frau Dobschütz hielt das für eine typische Ausrede Unruhe stiftender kleiner Jungs. »Erzähl bitte keine Geschichten, sondern räum die Bücher wieder ein.«

Momme hatte langsam genug von Frau Dobschütz. Sollte sie doch glauben, was sie wollte. Er hatte jedenfalls Augen im Kopf!

Gerade noch rechtzeitig, bevor Momme sich bückte, entdeckte Frau Dobschütz seine schmutzigen Finger. Ihr Gesicht verzog sich. »Halt, erst abwischen!«

Momme begann in seiner Hose nach einem Taschentuch zu suchen, fand aber nur ein zerknülltes Schokoriegelpapier. »Ich sag doch, da war ein Tier«, versuchte er zu erklären. »Es hat hier mitten zwischen die Bücher gekackt ... ich meine natürlich ... äh ... gemacht. Ich hab aus Versehen hineingegriffen.« Er wischte an seiner Hand herum. Das Zeug zog grässliche Fäden, wie Superkleberkaugummi.

Frau Dobschütz hielt das alles immer noch für einen dummen Streich. Unfug konnte in ihrer Bücherei nicht geduldet werden, deshalb beschloss sie, der Sache auf den Grund zu gehen.

Vorsichtig näherte sie sich dem Regal und begutachtete die Lücke, die Momme ihr zeigte, durch ihre extrastarken Brillengläser. Selbst aus sicherer Entfernung war der Gestank nun deutlich zu riechen. Mit spitzen Fingern räumte Frau Dobschütz ein, zwei Bücher beiseite und spähte in den entstandenen Zwischenraum.

»Du meine Güte«, entfuhr es ihr. »Nein, so etwas hab ich ja noch nie ... entsetzlich!«

Ruckartig zog Frau Dobschütz ihren Kopf zurück. »Frau Leis! Rufen Sie sofort den Hausmeister an. Wir haben Mäuse in der Bücherei! Vielleicht sogar Ratten!« Ohne sich weiter um Momme zu kümmern, eilte sie auf ihren hohen Absätzen davon.

»Ratten – so ein Quatsch«, sagte Momme leise. »Seit wann sprechen die und haben lila Zungen?«

Aufmerksam beobachtete er die Leseecke, aber dort drüben rührte sich nichts mehr.

Was war das gewesen, was er gesehen hatte? Und was wollte es hier? Am liebsten hätte Momme sofort die ganze Bücherei untersucht, aber wie er Frau Dobschütz einschätzte, würde jeden Augenblick der Hausmeister mit einer ganzen Wagenladung Fallen auftauchen. Als ob man dieses ... *Etwas* mit einer Mausefalle fangen könnte!

Langsam ging Momme zur Garderobe. Er musste unbedingt morgen wiederkommen, überlegte er. Gleich nach der Schule, wenn nicht so viele Leute da waren. Es durfte niemand erfahren, was hier Seltsames vor sich ging. Nur einer natürlich ...

Ein Kribbeln überlief Momme, als er seine Regenjacke anzog. Es störte ihn auch nicht, dass Finja wieder loskicherte, weil er vor der Schwingtür über seine eigenen Füße stolperte. Endlich war es nämlich passiert: IQ – *Die Agentur für Unlösbare Rätsel des Alltags* hatte ihren ersten Fall!

Die *Agentur für Unlösbare Rätsel des Alltags* hatte ihr Büro im ehemaligen Gerätehäuschen von Hestermanns Obstplantage, unten am Fluss. Man sah es dem Ort nicht an, aber hier war alles vorhanden, was für moderne Detektivarbeit nötig war. Es gab eine alte Eckbank mit muffigen Polstern, einen Tisch mit Wachstuchdecke und an der Wand ein Regal, in dem die empfindliche technische Ausrüstung lagerte: die Abhöranlage (ehemaliges Babyfon von Mommes kleiner Schwester), ein blaues Stempelkissen für Fingerabdrücke, eine Kiste mit Tarnkleidung, Aktenordner voller Material zur Entschlüsselung von Geheimschriften, Funkgeräte, ein ferngesteuertes Auto für Lösegeldtransporte und natürlich die Waffen – zwei Wasserpistolen, Typ Megabooster 2009, mit 3800-Milliliter-Wassertanks, zwölf Meter Reichweite und Dropstopp-Funktion.

Ohne die wäre Momme beim letzten großen Angriff der *Desperados* hoffnungslos verloren gewesen.

Die *Desperados* und ihr dicker Anführer Max, von seinen Anhängern nur Big Mäx genannt, versuchten seit Jahren, Momme und seinem Freund das Gebiet am Fluss streitig zu machen. Dieses Mal hatten sie ihnen hinter dem Kanuheim aufgelauert. Es war eine bedeutende Schlacht gewesen. Tobias hatte dabei seinen nagelneuen Turnschuh verloren, Momme war mit nackten Beinen in einem Brennnesselfeld gelandet.

Big Mäx war ziemlich in Fahrt gewesen. Momme hatte nämlich in der letzten Sommerferienwoche seine Kleider versteckt, als er im Fluss badete. Big Mäx hatte stundenlang triefnass seine Unterhose gesucht. Kein Wunder, dass er beim nächsten Treffen immer noch vor Wut schäumte. »Aus dir mach ich Wurstsalat!«, hatte er gebrüllt.

Aber roten Alarm hatte Momme trotzdem noch lange nicht geben müssen. Roter Alarm bedeutete: absoluter Notfall, und für absolute Notfälle gab es DEN SPRENGSTOFF.

Er befand sich in einem Geheimversteck, das so geheim war, dass sogar Momme es immer wieder vergaß. Darin warteten, trocken und sicher, mehrere rote Packungen, die Tobias am ersten Januar morgens auf der Straße gefunden hatte. Er hätte sie natürlich seinen Eltern übergeben sollen. Stattdessen waren die Packungen jedoch stillschweigend in Hestermanns Hütte verschwunden und da lagen sie jetzt und warteten auf ihr feuriges Ende.

Im Moment sah es nicht so aus, als würde dieser Tag jemals kommen. Tobias lümmelte auf der Eckbank, vor sich eine angebrochene Limoflasche, und sortierte seine Sammelkarten. Ab und zu warf er einen gelangweilten Blick in eines der beiden Fernrohre, die bequem vom Tisch aus zu bedienen waren. Eines war auf den Nachbarsgarten gerichtet und zeigte gerade direkt auf den dicken Hintern von Frau Pietsch, die Laub harkte. Das andere Fernrohr hatte die Flussbiegung mit dem Bootssteg im Visier, wo zu dieser Jahreszeit nur ein paar Enten paddelten. Den Feldweg, der vom Hestermann'schen Wohnhaus über mehrere alte Streuobstwiesen bis hinunter zum Fluss führte, konnte Tobias allerdings nicht vom Tisch aus kontrollieren.

Trotzdem näherte sich auch von dieser Seite nie jemand unbeobachtet: Hestermanns Gänse waren eine absolut todsichere Alarmanlage. Auch jetzt schnatterte der Gänserich drohend.

Momme, der viel zu eilig auf der nassen, abschüssigen Wiese unterwegs war, stoppte schlitternd und warf ihm ein paar Brotkrumen hin.

»Ich bin's doch nur, Tristan«, rief er außer Atem. »Krieg dich wieder ein.«

Wenig später stieß er krachend die Holztür der Hütte auf.

»Achtung, Achtung: Großeinsatz in der Bücherei!«, brüllte er, bevor er auf die Bank plumpste.

Tobias legte seelenruhig eine Karte mit einem besonders gefragten Fußballer auf den Tisch.

»Super. Sind ein paar deiner geliebten Pixiebücher entlaufen? Hier sind sie jedenfalls nicht, ich warte schon seit vier auf dich. Wo ist überhaupt der Gruselschocker, den du mir versprochen hast?«

Momme trank in gierigen Schlucken Tobis Limoflasche leer und rülpste ausgiebig.

»Vergiss das Ding«, sagte er. »Was ich eben erlebt habe, darauf kommst du nie. Schwöre, dass du das, was ich dir gleich erzähle, niemandem verrätst! NIEMANDEM!«

Er öffnete noch einmal die Tür, um ganz sicherzugehen, dass draußen keiner lauschte. Doch vom Fluss her hörte man nur das Rascheln des Schilfs.

Langsam wurde Tobias neugierig.

»Also gut, wenn es für dich so wichtig ist ...« Er legte feierlich die rechte Hand auf sein Herz. »Ich schwöre – bei meinem gelben Judogürtel. Nun fang schon an, ich muss gleich nach Hause.«

Momme legte los. Er erzählte ungefähr eine halbe Stunde lang, mit Händen und Füßen und ziemlich durcheinander. Manches musste er dreimal wiederholen, weil Tobias ihn immer wieder unterbrach. Oder weil er es einfach nicht glauben wollte. Am Ende hatte Momme einen ganz trockenen Mund und hätte gerne eine zweite Flasche Limo gehabt, hatte Tobias aber immerhin davon überzeugt, dass er ihn morgen zur Bücherei begleitete.

»Aber ich warne dich, wenn das nur ein Trick ist, um mich zu deinen öden Büchern zu locken ...«, sagte Tobias, während er sorgfältig die weißen Fensterläden der Hütte verriegelte. »Bestimmt hast du dir das eingebildet, weil du immer diesen ganzen Blödsinn liest. Wahrscheinlich war es nur eine fette Ratte. Egal, dann gehen wir morgen eben Ratten jagen. War in letzter Zeit sowieso todlangweilig hier, seit Big Mäx sich mit seinen Leuten nicht mehr blicken lässt.«

Tobias steckte noch schnell eine starke Lupe in seine Regenjacke, bevor er die Hütte verschloss. Momme bemerkte es irgendwie erleichtert. Tobias hatte Feuer gefangen. Spätestens wenn er die »Ratte« sah, würden ihm die Sprüche schon vergehen ...

Am nächsten Tag hing jedoch an der Eingangstür der Bücherei ein Schild:

»Aus technischen Gründen bis auf Weiteres geschlossen.« Darunter hatte jemand handschriftlich hinzugefügt:

Die Halloween-Lesenacht morgen Abend 17 – 18 Uhr findet wie angekündigt statt!!

»Hmm«, machte Tobias enttäuscht. »Das war wohl nichts. Die haben sicher so eine Firma gerufen, die die Ratte fangen soll. Komm, lass uns eine Runde auf den Bolzplatz gehen.«

Für Momme hatte sich der Fall noch lange nicht erledigt.

»Warte doch mal«, sagte er und hielt Tobias an der Jacke fest. »Wir könnten zur Grusel-Lesenacht gehen. Das ist doch die Gelegenheit, nebenbei nach diesem komischen Tier zu suchen.«

Tobias rückte seine Baseballkappe gerade. »Spinnst du? Morgen ist Halloween, die Chance, gewaltige Naschzeugvorräte zu erbeuten und alle kleinen Windelpupser zu erschrecken. Wieso soll ich ausgerechnet an so einem

Abend in der Bücherei hocken und mir Babyschreckgeschichten anhören?«

Es dauerte ziemlich lange, bis Tobias maulend einwilligte, und er tat es auch nur, weil Momme versprach, auf jeden Fall hinterher noch einmal mit ihm durch die Straßen ihres Viertels zu ziehen.

Am nächsten Abend klingelte Tobias pünktlich um halb fünf an Mommes Haustür – von oben bis unten in perfekter Monsterkrieger-Verkleidung.

Ein kleines Gespenst öffnete ihm. »Süßes oder Saures«, piepste es, wobei es mit seinen kurzen Bettlakenärmchen wild in der Luft herumfuchtelte.

Tobias schob sich vorsichtig durch die Tür. »Hallo, Kati. Ist Momme da?«

»Komme schon.«

Momme polterte die Treppe hinunter. Seine Mutter war leider nicht bereit gewesen, ihm nur für einen Tag eine teure Verkleidung zu kaufen, deshalb hatte Momme notgedrungen auf die Dachbodenschränke zurückgreifen müssen. Er trug einen langen schwarzen Kapuzenumhang und alte Motorradhandschuhe seines Vaters. Ein schlecht sitzendes Gummigebiss steckte in seinem Mund.

»Ähm, was soll das denn darstellen?«, fragte Tobias zweifelnd.

»Na, den Fürst der Unterwelt natürlich«, sagte Momme, etwas durch die Vampirzähne behindert. »Erkennt man ja wohl auf den ersten Blick.«

Er schlug den Umhang auf und enthüllte eine Totenkopfkette und eine mächtige Plastikaxt in seinem Gürtel, von deren Klinge aufgemalte Blutstropfen rannen.

Tobi knurrte nur. »Du siehst eher aus wie meine Oma im Wanderurlaub.«

Das kleine Gespenst kicherte und Momme zog drohend die Axt. Darauf stieß es einen schrillen Schrei aus und flüchtete mit einer Schüssel Popcorn ins Wohnzimmer.

»Sag Mama, dass ich um sieben wieder zu Hause bin«, rief Momme seiner Schwester hinterher. Dann machte er sich mit Tobias auf den Weg.

Draußen dämmerte es bereits. Ein böiger Wind fegte gelbe Blätter von den Bäumen. Überall auf den Straßen zogen vermummte Kindergruppen von Tür zu Tür. Momme erkannte unter den Masken beinahe seine ganze Klasse wieder und Tobias murmelte düster, dass für sie später garantiert keine Süßigkeiten mehr übrig sein würden.

Die Kinderabteilung der Bücherei war so gut besucht wie schon lange nicht mehr. Zehn Stuhlreihen hatte man im Halbkreis vor der Leseecke aufgestellt und diese waren beinahe vollständig von außer Rand und Band geratenen kleinen Vampiren, Geistern, Monstern und ihren Müttern besetzt. Kürbislichterketten sorgten für geheimnisvolle Beleuchtung, die Wände hatte Frau Dobschütz' Mitarbeiterin mit künstlichen Spinnweben und Fledermausgirlanden dekoriert. Aus einer Minianlage heulte eine Kinderband den neusten Halloween-Ohrwurm. Es herrschte ein Höllenlärm.

Tobias, der die meisten Kinder um zwei Köpfe überragte, fand das alles unsagbar peinlich. »Hoffentlich erkennt mich hier keiner«, sagte er, während er sich mit Momme auf zwei freie Plätze in der letzten Reihe setzte. »Wo genau hast du nun dieses Tier gesehen?«

»Pssst!« Momme zeigte hinüber zu den Bilderbüchern. »Da drüben. Wir warten noch ein bisschen, dann schauen wir uns genauer um.«

Insgeheim war er jedoch überzeugt, dass sie zu spät kamen. Von diesem Krach und den vielen Menschen war das komische Wesen bestimmt schon längst vertrieben worden. Wenn er das jedoch jetzt zugab, drehte Tobias ihm glatt den Hals um. In diesem Moment wurde die Musik ausgeschaltet und Frau Dobschütz erschien vor dem Publikum.

Frau Dobschütz hatte nur ungern dieser Veranstaltung

zugestimmt, sie hielt Halloween für einen barbarischen Brauch. Aber Büchereien hatten es heutzutage schwer, man musste mit der Zeit gehen. Deshalb hatte sie einen spitzen schwarzen Hexenhut aufgesetzt und sich in einen roten Samtrock gehüllt.

Jetzt nahm sie vorne an einem kleinen Tisch Platz und bat um Ruhe. Der Lärm erstarb endgültig, als das Licht gedimmt wurde und sie feierlich zwei Kerzen anzündete. Vielleicht lag es an ihrer Papageienschnabelnase, jedenfalls wirkte ihre Verkleidung unglaublich echt.

»Liebe Geister und Gespenster, verehrte Monster und Nachtgeschöpfe, ich begrüße euch recht herzlich zu unserer ersten Halloween-Lesenacht!« Frau Dobschütz war wahrhaftig keine mitreißende Rednerin. »Ich habe euch Schrecklich-Schauriges und Grässlich-Gruseliges mitgebracht«, fuhr sie fort, »und hoffe, dass euch meine Auswahl gefällt. Als Erstes hört ihr das Neueste von der *Hexe Millie mit der rosa Warze.*«

Ein paar kleine Mädchen jubelten begeistert und Frau Dobschütz begann vorzulesen.

Tobias stöhnte leise. Momme gab ihm einen Rippenstoß.

Die nächsten zwanzig Minuten gingen mit den gähnend langweiligen Abenteuern der Hexe Millie und weiterem harmlosem Spuk vorüber. Nichts Außergewöhnliches passierte, außer dass ein Junge in der ersten Reihe Schluckauf bekam. Doch als Frau Dobschütz mit ihrer schneidenden Stimme endlich die letzte Geschichte des Abends ankündigte, änderte sich das gründlich.

»Zum Schluss habe ich für euch noch etwas ganz Besonderes«, sagte sie und hob ein altes, in Leder gebundenes Buch in die Höhe. Die Vorderseite war mit verschlungenen goldenen Zeichen bedeckt. »Dies ist eine Erzählung, die ich erst kürzlich aus einem Nachlass ...«

Ein giftiges Zischen ertönte hinter Mommes Rücken. Er fuhr herum. Nur zwei Meter von ihm entfernt saß das Wesen mit gebleckten Zähnen im nächsten Regal, ein Zuhörer, der ganz offensichtlich mit dieser Darbietung nicht zufrieden war. Er hielt seine glühenden Augen fest auf Frau Dobschütz gerichtet, sein Körper war sprungbereit gespannt.

Mommes Herz begann heftig zu klopfen. Aufgeregt stieß er Tobias an. »Guck mal, da oben!«

Doch ehe Tobias sich umdrehen konnte, stürzte sich das Wesen von seinem Aussichtspunkt in die Tiefe und landete mit einem weichen Aufprall auf dem Schoß einer Mutter in der sechsten Reihe.

Die Wirkung war ungeheuerlich. Die Frau stieß einen

spitzen Schrei aus und schoss von ihrem Platz hoch, ebenso wie alle ihre Sitznachbarn. Laute Rufe ertönten.

»Hilfe! Was war das?« – »Irgendein Tier!« – »Mama! Mama!«

Stühle wurden umgeworfen, Taschen und Schirme fielen zu Boden.

Das Tier, das unsanft zu Boden geplumpst war, schüttelte sich kurz und rannte unter den Stühlen davon. Sekunden später tauchte es vorn in der zweiten Reihe zwischen den Füßen von Dennis Hoppe wieder auf, dem verwöhnten Sohn des örtlichen Grundschulrektors. Dennis warf sich mit einem furchtsamen Schweinequieken zur Seite, boxte dabei seiner Oma die Brille von der Nase und zerbrach den neuen Glitzerzauberstab seiner Schwester. Die heulte auf der Stelle los wie eine Feuerwehrsirene und steckte damit alle anderen Mädchen an.

Momme packte Tobias am Arm. »Wir müssen hinterher, ehe es entwischt!«

Der Tumult im Raum war mittlerweile unglaublich.

Einige Frauen kletterten kreischend auf Stühle, andere drängten blindlings mit ihren Kindern zur Tür oder suchten den Lichtschalter. Einer der wenigen anwesenden Väter bewarf das Tier mit einem Zierkürbis. Ohne Erfolg. Das seltsame Wesen wich geschickt aus, tauchte unter der letzten Stuhlreihe durch und hüpfte direkt auf den Tisch, an dem wie versteinert Frau Dobschütz saß, das alte Buch noch immer in der Hand.

Gerade als Momme und Tobias sich bis dorthin durchgekämpft hatten, entriss das Tier Frau Dobschütz das Buch und floh. Doch die Last war zu schwer für einen Sprung ins nächste Regal. Stattdessen endete die Flugbahn mitten in Mommes Kapuze. Entsetzt spürte Momme, wie sein Umhang durch das Gewicht des kleinen Körpers nach hinten gezogen wurde.

Tobias rührte sich als Erster wieder. Ehe noch jemand genau sagen konnte, wohin das Tier verschwunden war, raffte er die Kapuze wie einen Sack zusammen und schubste Momme zum Ausgang.

Alles passierte so schnell, dass Frau Dobschütz erst »Mein Buch!« schrie, als die beiden schon längst zwei Häuserblocks weiter gerannt waren.

Hinter einem Müllcontainer hielten sie an.

»Ist irgendjemand in der Nähe?«, japste Momme. Er schwitzte furchtbar unter dem dicken Wollumhang.

Tobias, der immer noch Mommes Kapuze umklammert hielt und höllisch aufpassen musste, dass er ihm nicht in die Hacken trat, spähte hinter sich in die Dunkelheit.

»Nein, wir haben alle abgehängt. – Mensch, Momme,

ich hab ja gedacht, du spinnst, aber das hier ist wirklich ...« Besorgt betrachtete er den Kapuzenstoff, unter dem sich die Umrisse des Tiers abzeichneten. »Was machen wir jetzt? Wenn ich loslasse, haut es sofort wieder ab.«

»Warum hast du es denn überhaupt gefangen?«, beschwerte sich Momme. Unbehaglich schielte er nach hinten. Er wollte das komische Ding in seinem Nacken schnellstens wieder loswerden.

Tobias beachtete diesen Einwand nicht. »Wir brauchen ein sicheres Versteck«, überlegte er. »Unser Büro, zum Beispiel.«

Momme zerrte ungeduldig die plumpen Handschuhe von seinen Fingern. »Aber nicht heute Abend. Bis zu Hestermanns Hütte und zurück dauert es zu lange.«

Stimmen erklangen in der Ferne, Leute, die aufgeregt durcheinanderriefen und näher kamen. Momme ließ die Handschuhe fallen. Wie auf ein geheimes Kommando sprinteten beide Jungen wieder los, durch die Kapuze aneinandergebunden wie zwei Gefangene mit einer Fußkette. Automatisch schlug Momme den Nachhauseweg ein. Sie liefen quer über den Marktplatz, unter den Arkaden der Apotheke hindurch bis zum Schusterviertel mit den spitzgiebeligen Fachwerkhäusern. Ihre Schritte schlugen hart auf das alte Kopfsteinpflaster. Ein paarmal wichen sie im letzten Moment Halloween-Banden aus, die die Beute ihrer Raubzüge nach Hause schleppten.

Momme kämpfte mit Seitenstichen.

»Unser Dachboden«, keuchte er, während er in die schmale Sackgasse einbog, an deren Ende er wohnte. »Da steht noch ... ein alter Meerschweinchenkäfig ...«

Er bremste so plötzlich, dass Tobias gegen seinen Rücken prallte. Aus einem dunklen Hauseingang waren fünf scheußliche Fratzen aufgetaucht. Mit lautem Geheul stürzten sie sich auf sie.

Big Mäx mochte zwar nicht der Schnellste sein, aber eine Gelegenheit wie diese ließ er sich nicht entgehen.

Ach nee, guckt mal, Leute, wen wir da haben.«

Big Mäx' Stimme, etwas gedämpft unter der hässlichen Latexmaske, triefte vor Schadenfreude. »Nicht so eilig.«

Auf ein Fingerschnippen von ihm kreiste seine Bande Momme und Tobias ein wie ein Wolfsrudel.

Mit verschränkten Armen betrachtete Big Mäx seinen Fang. Selbst ihm fiel auf, dass irgendetwas merkwürdig daran war, wie Tobias Mommes Kapuze festhielt. Er vermutete jedoch, dass die beiden darin ihre Halloween-Schätze versteckten. Endlich konnte er es diesem weich gespülten Lehrerliebling Momme mal so richtig zeigen!

Big Mäx trat in den Ring, den seine Freunde gebildet hatten.

»Nett von dir, dass du mir die Arbeit abgenommen hast«, sagte er zu Momme und leuchtete mit seiner Taschenlampe auf die prall gefüllte Kapuze. »Ich hasse diese dämliche Herumlauferei von Haus zu Haus. Laufen ist sowieso was für Schwächlinge, genau wie Bücherlesen. Aber das weißt du ja, Bärchen, nicht?«

Momme schluckte diese üble Beleidigung, ohne eine Miene zu verziehen. Seine Gedanken waren mit etwas ganz anderem beschäftigt. Was passierte, wenn der Dicke das Tier entdeckte? Er musste ihn irgendwie ablenken.

»Da ist kein Naschzeug drin«, sagte er. »Wir ... haben nichts mehr abgekriegt.«

Big Mäx warf in gespielter Verzweiflung die Arme in die Luft. »Hört euch das an, Kumpels. Die armen Würstchen. Mann, das ist ja so traurig.« Er schniefte.

Paul, Marvin und Darius kicherten unter ihren Masken. Benny Schober, der bei den *Desperados* noch seine Probezeit überstehen musste, kreischte sogar vor Vergnügen. Ein billiger Trick, um Big Mäx zu gefallen.

Tobias beendete die müde Showeinlage.

»Geh woanders betteln, Max«, sagte er. »Wir haben heute keine Zeit für deine Spielchen.«

Big Mäx nahm mit einer ärgerlichen Bewegung seine Maske vom Gesicht. »Oh, der große Pyjamakrieger hat gesprochen! Und was Mommes Aufpasser sagt, das tun wir natürlich. – Was bewachst du denn da so Wichtiges?«

Tobias überlegte kurz. Man sollte doch immer ehrlich bleiben.

»Etwas, das dein Minihirn nicht begreifen kann«, antwortete er.

Das hätte er lieber nicht sagen sollen. Sofort zielte der Lichtkegel von Big Mäx' ultrastarker LED-Lampe auf seine Augen, sodass er sich geblendet abwendete. Im nächsten Moment zerrte Max grob an Mommes Umhang. »Her mit dem Zeug!«

Momme schlug seinen Arm zur Seite, aber der Anführer der *Desperados* warf sich ihm in den Weg: 51 Kilo fester Fast-Food-Speck. Momme sackte mit einem dumpfen Laut zusammen. Tobias versuchte, ihm mit einem halbherzigen Judogriff zu Hilfe zu kommen, war aber mit nur einer freien Hand gegen die Überzahl völlig machtlos.

In Sekundenschnelle landeten beide kampfunfähig eingeklemmt zwischen Paul und Marvin.

»Das kommt dabei heraus, wenn man sich mit Profis anlegt«, sagte Big Mäx zufrieden. Er griff nach der heiß umkämpften Kapuze.

Ein merkwürdiges Zischen erklang daraus.

Big Mäx zog seine Hand zurück, als habe er sich verbrannt. Einen kurzen Moment wirkte er tatsächlich ein bisschen ängstlich. Dann trat ein Glitzern in seine Augen.

»Jetzt verstehe ich«, sagte er. »Das ist ein Trick. Ihr habt darin irgendeine fiese Überraschung versteckt.«

Er zog eine Sprühdose aus seiner Tasche und schwenkte sie verheißungsvoll hin und her. »Jetzt ist eine Rasur fällig!« Er sprühte eine kleine Portion Seifenschaum auf Mommes Nase.

Mommes Magen zog sich zu einem Knoten zusammen. Er wusste, was ihm bevorstand, wenn er nicht in den nächsten zehn Sekunden das Richtige sagte, irgendetwas Geniales, das Max aufhielt. Ihm fiel nur leider überhaupt nichts ein!

Doch an diesem Abend meinte das Schicksal es gut mit ihm. Eine große Gestalt schob sich zwischen die Jungen.

»Pech, dass ich euer nettes Monstertreffen hier unterbrechen muss«, sagte Herr Beer gut gelaunt und ohne den weißen Klecks im Gesicht seines Sohnes zu bemerken. Nach einem Tag im Architekturbüro war er immer völlig geistesabwesend. »Zeit zum Abendessen, Momme.«

Big Mäx schluckte angestrengt, als habe er eine schlechte Frikadelle quer im Mund, seine Getreuen glotzten stumm vor sich hin. Nur der kleine, magere Benny Schober stotterte kopflos: »Ich war's nicht.«

Momme wäre seinem Vater am liebsten um den Hals gefallen vor Erleichterung.

»Okay, wenn es sein muss ...«, sagte er und befreite sich aus dem Klammergriff seiner Bewacher. Mit dem Handrücken wischte er die Seife vom Gesicht. »Tobi kommt kurz mit. Er will noch etwas aus meinem Zimmer holen.«

Tatenlos mussten die *Desperados* zusehen, wie die zwei Freunde sich mitsamt ihrem merkwürdigen Geheimnis in der baumelnden Kapuze von ihnen entfernten.

»Wow, davon erholt sich der Dicke nicht so schnell!«, flüsterte Tobias.

An der nächsten Kurve schaute Momme noch einmal zurück, gerade rechtzeitig, um einen von Big Mäx' berüchtigten Wutausbrüchen mitzuerleben: Der gesamte Inhalt der Sprühdose landete auf Bennys sorgfältig gegelten Stirnfransen.

Zu Hause war es ganz einfach, das Tier auf den Dachboden zu bringen. Momme behauptete einfach, er wolle nur schnell vor dem Essen seine Verkleidung wieder im Schrank verstauen. Oben unter dem Dach, wo jeder der vier Mieter einen kleinen Drahtverschlag mit seinem Gerümpel vollgestellt hatte, suchte er den verbeulten Meerschweinchenkäfig hervor, zog den Umhang aus und kippte mit Tobias' Hilfe den Inhalt der Kapuze vorsichtig in die Öffnung hinein. Es polterte laut, als das Buch auf den Plastikboden des Käfigs fiel, danach hörte man das leise Kratzgeräusch flinker Pfoten. Mit zitternden Fingern verschloss Momme das vergitterte Türchen.

Beide Jungen schauten gebannt auf den Käfig und seinen neuen Bewohner.

Das Tier hatte sich noch im Fallen nach dem Buch umgedreht und hockte nun darauf wie ein Raubvogel auf seiner geschlagenen Beute. Feindselig starrte es sie an, als wolle es seinen Besitz mit allen Mitteln verteidigen.

»So eine Ratte hab ich noch nie gesehen«, murmelte Tobias beeindruckt. »Diese Ohren ... und guck mal, der komische Schwanz ...«

Momme nickte. »Sag ich doch. Außerdem scheint dieses Buch wahnsinnig wichtig für das Tier zu sein. Was glaubst du, was es frisst?«

Tobias zuckte mit den Schultern. »Ich hab keinen Schimmer. Du kannst es ja mit Salatblättern probieren. Auf jeden Fall braucht es Wasser.« Er schaute auf die Uhr. »Ich muss wirklich los.«

Sie verabredeten sich für den folgenden Tag, dann stürmte Tobias die Treppe hinunter. Momme hörte, wie unten im Haus die Eingangstür scheppernd ins Schloss fiel. Das Tier zuckte bei dem Geräusch zusammen und duckte sich flach auf den Boden.

Irgendwie tat es Momme leid.

»Armes Vieh«, sagte er. »Ich glaube, wir haben dich ganz schön erschreckt.« Er nieste. »Sehr gemütlich hast du es hier auch nicht. Morgen bringen wir dich an einen besseren Platz.« Er hängte den Umhang schützend über den Käfig. Anschließend sicherte er die Drahttür der Bodenkammer mit dem Vorhängeschloss, ehe er in den zweiten Stock hinunterlief, wo aus der Wohnung seiner Eltern leckere Pizzadüfte drangen.

Später am Abend, als er noch einmal kam, um Wasser und ein Schälchen mit Obst und Salat in den Käfig zu stellen, schlief das Tier. Nachdenklich verließ Momme nach einer Weile die Bodenkammer. Hoffentlich wurde das merkwürdige Wesen nicht krank. Was es auch war, er wollte nicht schuld daran sein, dass ihm etwas passierte.

Am nächsten Morgen gelang es Momme vor der Schule nicht mehr, unbemerkt nach seinem neuen Haustier zu sehen. Seine Mutter, dienstfertig in Polizeiuniform und im Streit mit der trödelnden Kati, trieb ihn zur Eile an.

»Kommt, ihr zwei, ich muss um Punkt acht Uhr im Revier sein.«

Immerhin hatte Momme so wenigstens genügend Zeit, auf dem Schulhof mit Tobias den weiteren Schlachtplan zu besprechen.

Da beide das Hallenfußballturnier vergessen hatten, das am Nachmittag stattfand, beschlossen sie, das Tier noch einen weiteren Tag auf dem Dachboden zu lassen. Der Transport des Käfigs in die Hütte würde nicht so einfach werden und keiner von beiden hatte Lust, dabei noch einmal Big Mäx zu begegnen. Denn dass der nach der Schlappe von gestern doppelt finstere Rache im Sinn hatte, lag ja wohl auf der Hand.

In ihrem Klassenzimmer redeten alle über den vergangenen Halloween-Abend. Auch der Vorfall in der Bücherei hatte sich schon herumgesprochen.

Um Frederik, den anerkannten Wortführer aller Jungs, hatte sich eine faszinierte Zuhörerschar versammelt.

»Erst ist die Killerratte bei der Vorleserin vorne auf den Tisch gesprungen und hat ihr Buch runtergeworfen, dann ist sie weggelaufen!«, berichtete er gerade. »Keiner weiß, wo sie jetzt ist.« Er breitete die Arme aus. »Mein kleiner

Bruder sagt, die war so groß, mit riesigen Zähnen! Meine Mutter ist fast in Ohnmacht gefallen!«

Frederiks Anhänger stießen beeindruckte Pfiffe aus, einige Mädchen kreischten. Nur Finja, die am Nebentisch saß und ihre Schulbücher auspackte, sagte: »Übertreib doch nicht so, Frederik. Sie war nicht größer als eine Katze. Sie hatte auch genauso gelbe Augen.«

Frederik war in seinem Stolz verletzt. »Was weißt du denn schon?!«

Finja schaute in die Runde. »Ziemlich viel. Weil ich zufällig mit meiner Schwester auch dort war.« Ihr Blick blieb an Momme und Tobias hängen. »Ich könnte so einiges erzählen.«

»Wichtigtuerin!«, sagte Frederik.

Momme runzelte die Stirn. Finja war ihm gestern gar nicht aufgefallen. Wie viel hatten die Zuhörer der Lesung tatsächlich mitbekommen? Er tippte Frederik auf die Schulter.

»Und was ist mit dem Buch?«

Frederik schaute nur herablassend, als er sah, wer ihn da unterbrochen hatte. Er war der beste Fußballer der Klasse. Momme mit seiner miserablen Trefferquote zählte nicht zu seinen Freunden.

»Ist ja wieder typisch, dass du nach dem Unwichtigsten

fragst«, sagte er abfällig. »Das Buch ist auch weg. Die Leiterin der Bücherei ist deswegen total ausgerastet, weil es irgendetwas ganz Besonderes war.«

Er holte tief Luft, um den Höhepunkt seiner Geschichte an den Mann zu bringen. »Sie wollte deswegen sogar die Polizei rufen. Meine Mutter muss vielleicht als Zeugin aussagen.«

Ein ehrfürchtiges Raunen ging durch die Klasse.

Momme drehte sich um, damit Frederik sein Grinsen nicht sah. Was würde dieser Angeber wohl sagen, wenn er erfuhr, dass Momme heute Morgen mit Polizeischutz zur Schule gebracht worden war?

Und das Beste von allem: Die sonderbare Ratte saß in Mommes altem Meerschweinchenkäfig!

Dieses Geheimnis war so cool, dass es Momme über den ganzen Schultag und das niederschmetternd erfolglose Fußballturnier hinweghalf. Er traute sich sogar, im Sachkundeunterricht Herrn Beyerle zu fragen, was eigentlich Ratten so fraßen, auch wenn Finja ihn dabei komisch ansah.

Hätte Momme allerdings geahnt, dass sein Nachbar Herr Koteletzky aus dem dritten Stock wegen dieser Ratte den Schreck seines Lebens bekam, hätte er sich wohl in der Sportumkleidekabine etwas mehr beeilt.

Herr Koteletzky hörte Countrymusik und trug meist karierte Holzfällerhemden. Sein Lieblingssender hatte in den Fünfzehn-Uhr-Nachrichten den ersten Frost angesagt, daher hatte er sich auf die Suche nach seinen Winterstiefeln gemacht.

»Meine Heimat ist die Straße, doch mein Herz ist nur bei dir …«, sang Herr Koteletzky, während er auf dem Dachboden seinen Schuhschrank öffnete. »Echte Männer müssen weiter …«

In dem Drahtverschlag der Familie Beer nebenan raschelte etwas.

Herr Koteletzky, die Stiefel unter dem Arm, achtete nicht weiter darauf. Er beschloss, gleich noch ein bisschen aufzuräumen. Den Pappkarton mit alten Büchern, zum Beispiel, den konnte man getrost entsorgen. Wahllos griff er einen Band heraus.

»*Der Schatz des mongolischen Kriegers*«, las er laut den Titel. »Das Buch gehört wirklich auf den Müll. Weg mit dem Schrott.«

»Mörder!«, zischte eine heisere Stimme. »Fahr zur Hölle!«

Herr Koteletzky ließ das Buch in die Kiste zurückfallen und drehte sich um. »Hallo? Ist da jemand?«, rief er zaghaft.

Ein nervenzerfetzender schriller Schrei ertönte, schlimmer als die Vollbremsung einer U-Bahn oder quietschende Kreide auf der Schultafel.

»Ewige Verdammnis über dich!«, verkündete die unheimliche Stimme aus dem Nirgendwo.

Herrn Koteletzky standen die Haare zu Berge. Mit ein paar Sätzen hatte er seine Rumpelkammer verlassen und war zwei Stockwerke tiefer in den hell beleuchteten Hausflur geflohen. Schwer atmend lehnte er sich an die Wand, wo ihn kurz darauf Momme traf.

»Geht es Ihnen nicht gut?«, fragte Momme erstaunt.

Herr Koteletzky deutete mit zitterndem Zeigefinger an die Decke.

»Oben ...«, begann er, unterbrach sich aber sofort. »Nein, nein, ich habe mich wohl in letzter Zeit nur etwas übernommen.« Noch etwas wacklig wankte er in seine Wohnung.

Momme ahnte sofort, was dahintersteckte. Sobald seine Mutter mit Kati zum Einkaufen gegangen war, lief er die Treppen zum Boden hinauf. Dort empfingen ihn Herrn Koteletzkys verstreut liegende Stiefel. Der Meerschweinchenkäfig stand allerdings noch genau so, wie Momme ihn am Abend verlassen hatte. Vorsichtig hob er den Umhang ab – und ließ ihn mit einem Schrei gleich wieder fallen: Mit drohend aufgerissenem Maul sprang das Tier ihm entgegen und schlug seine spitzen Zähne in die Gitterstäbe.

Momme stolperte rückwärts, bis er die Drahtwand der Rumpelkammer an seinem Rücken spürte. Ein kalter Schauer überlief ihn.

Erst nach ein paar Minuten traute er sich wieder näher an den Käfig heran. Das seltsame Tier hockte nun wie zuvor in der Ecke auf seinem Buch. Es atmete schnell und unregelmäßig. Sein Futter war unberührt.

Momme hob den Umhang auf und nagte ratlos an seiner Unterlippe. Die ganze Sache wuchs ihm langsam über den Kopf. Hier oben konnte das Wesen nicht mehr bleiben, das war eindeutig zu gefährlich.

»Ich nehme dich mit in mein Zimmer«, sagte Momme laut. »Nur diese eine Nacht. Ich will keinen Mucks von dir hören, denn wenn meine Mutter dich sieht, geht's uns beiden schlecht. Morgen lasse ich dich dann unten am Fluss bei den Wasserratten frei.«

Das Tier verzog verächtlich die Schnauze und nieste. Wenigstens hatte es begriffen, dass seine Lage ernst war.

Ohne Zwischenfall ließ es sich in dem gefährlich schaukelnden Käfig in Mommes Zimmer tragen und unters Bett schieben. Momme verteilte zur Tarnung noch ein paar alte Schuhe und schmutzige Sportsocken davor, damit seiner Mutter beim Gutenachtsagen nichts auffiel.

Das brachte ihm aber gleich eine Aufforderung zum gründlichen Aufräumen ein.

»Das Zeug liegt da seit Monaten herum«, beklagte sich Frau Beer, als sie ihm um Viertel vor acht den Piratenschmöker aus der Hand nahm und ins Regal stellte. »Ein Wunder, dass sich diese Müllschicht unter deinem Bett nicht schon von alleine bewegt.« Sie stieß mit dem Fuß gegen den Bettrahmen.

Momme knipste schnell das Licht aus. Aber im Käfig blieb alles still, auch nachdem Mommes Mutter die Tür geschlossen hatte.

Das ging ja noch mal gut, dachte Momme erleichtert. Und morgen Nachmittag bin ich das Vieh endgültig los.

Was für ein schwerer Irrtum. Um Viertel nach zwölf, der Mond schien gerade auf Mommes Wecker, fingen die Schwierigkeiten erst richtig an ...

Es waren die Stimmen, die Momme weckten. Er schlug die Augen auf und lauschte. Sie waren hier im Zimmer. Drei Männer. Ein tiefer Brummbass, ein fröhliches Plappermaul und jemand, der sich für etwas Besonderes hielt.

Die drei stritten sich.

»Aus dem Weg, ihr jämmerlichen Landratten!«, polterte der Brummbass. »Oder ich werfe euch über Bord!«

»Sorry, alter Seebär«, erwiderte das Plappermaul. »Ich kann echt nichts dafür, dass ich dich nerve. Man hat mich voll gegen meinen Willen hergebracht.«

»Es besteht kein Anlass, sich bei diesem Halunken zu entschuldigen«, sagte der mit der vornehmen Stimme. »Wenn einer nicht an diesen Ort gehört, dann er.«

Das brachte den Brummbass endgültig in Wut. Der Vornehme hielt sich auch nicht zurück. Während der Streit immer schlimmer wurde, lag Momme steif unter seiner Decke wie unter einem Leichentuch und wagte nicht zu atmen.

Bis sich eine vierte Stimme einmischte.

»Silencium, libri! Zurück auf eure Plätze!«

Momme durchfuhr es wie ein Blitz. Dieses heisere Eidechsenzischen hatte er schon einmal gehört. Vorsichtig drehte er den Kopf.

Das Mondlicht fiel in einem breiten Strahl schräg auf das Regal an der gegenüberliegenden Zimmerwand.

Es waren keine Männer im Zimmer. Mitten im Scheinwerferkegel des Mondes, auf einem der Bretter, saß das Tier und redete mit Mommes Büchern!

Die Stimmen gehörten dem Piratenschmöker, den Momme noch kurz vor dem Einschlafen gelesen hatte, einem zerlesenen Comicheft und einem sehr dicken Lexikon (*Einmaleins des Wissens*). Alle drei Bücher waren in einem Haufen übereinander hergefallen, richteten sich nun aber auf und ordneten sich in einer Reihe.

»Er hat angefangen«, sagte das Lexikon, mit einem Mal ziemlich eingeschüchtert. Es meinte das Piratenbuch.

Das Tier warf ihm einen strengen Blick zu.

»Tut mir leid, ich wusste ja nicht, dass ein Bücherhüter in der Nähe ist«, brummte der Piratenschmöker. »Ihr seid heutzutage selten geworden. Es ist nur so, neben diesem Lackaffen hier bekomme ich Skorbut, dass sich mein Einband wellt. Und den Grünschnabel da mit seinen Sprechblasen verstehe ich überhaupt nicht.«

»Bitte sehr, diese Belanglosigkeiten interessieren doch den Herrn Bücherhüter nicht«, sagte das Lexikon ehrfurchtsvoll.

Der Comic guckte verblüfft das Tier an. Schließlich sagte er: »Hey, Leute, nur eine Frage: Was ist ein Bücherhüter?«

Momme hob den Kopf. Genau das nämlich hätte er auch gern gewusst.

Das Lexikon stöhnte, um zu zeigen, für wie dumm es den Comic hielt. Dann sagte es in belehrendem Tonfall: »Bücherhüter gibt es schon seit Bestehen des Buchdrucks. Sie leben in Bibliotheken und ihre Aufgabe ist es, die ihnen anvertrauten Bücher zu bewachen und vor Krankheiten, Zerstörung sowie anderweitigen Gefahren zu schützen. Nur Bücherhüter mit ihren besonderen Fähigkeiten sind in der Lage, verstellte oder verloren gegangene Bücher aufzuspüren. Sie sind auch die einzigen Lebewesen, die Bücher zum Sprechen bringen können.«

Das Lexikon stockte kurz und fuhr dann fort: »Manchmal gegen den Willen der Bücher. Und es heißt«, hier sank die Stimme des Lexikons zu einem Flüstern herab, »dass Bücherhüter sogar hin und wieder auch *aussortieren.*«

Der Comic raschelte erschrocken mit seinen zerknitterten Seiten.

»Echt jetzt?!«, würgte er dann hervor.

Der Piratenschmöker nickte. »So wahr, wie der Walfisch keine Beine hat.«

Das Tier, das stumm zugehört hatte, zuckte nervös mit seinen Pinselohren.

»Audite, libri!«, befahl es mit seiner merkwürdigen Zischstimme.

Die drei Bücher rückten zusammen und der Bücherhüter begann auf sie einzureden, leider so leise, dass Momme nichts mehr verstand.

Langsam setzte er sich auf. Die vier waren so vertieft, dass sie nicht bemerkten, wie er in Zeitlupengeschwindigkeit die Bettdecke zurückschlug und sich dem Regal näherte.

»... muss zurück in Cantimpres Villa ...«, hörte Momme das Tier sagen, als er nur noch einen Meter entfernt war. »Wenn man mich findet, ist alles aus!«

Stimmt, dachte Momme. Also zurück mit dir in den Käfig!

Doch bei dem Gedanken, dieses Wesen mit bloßen Händen einzufangen, bekam er eine Gänsehaut.

»Einer von euch wird mir den Weg zeigen«, sagte der Bücherhüter.

Der Piratenschmöker klappte seinen Einband auf und zu. »Hol's der Dreibeinige«, knurrte er. »Wir können das nicht.«

»In der Tat«, bestätigte das Lexikon. »Dazu braucht man – fürchte ich – einen Menschen.«

Der Bücherhüter peitschte seinen Schwanz durch die Luft. »Nein! Diesen Eselsohrknickern kann man nicht mehr trauen!«

Eine Weile blieb es still im Zimmer.

»Auch nicht den kleinen Menschen?«, fragte der Comic dann zögernd. »Ich finde, der, der hier wohnt, ist eigentlich ganz okay. Er vergisst mich zwar manchmal tagelang unter seiner Bettdecke und auf Seite 24 habe ich einen voll fetten Ketchupfleck, aber er scheint mich jedenfalls zu mögen.«

Der Piratenschmöker brummte etwas Zustimmendes. Selbst das Lexikon gab widerstrebend zu, dass dieser Junge es ziemlich oft benutzte.

»Er ist nicht so dumm wie die meisten Menschen«, sagte es hochmütig. »Er könnte dem Bücherhüter nützlich sein.«

»Vielen Dank, da bin ich aber froh!«, platzte Momme ärgerlich heraus. In Sekundenbruchteilen erstarrten die drei Bücher vor ihm zu ganz normalem Lesestoff. Der Bücherhüter fuhr herum, bereit zum Angriff.

Momme griff nach dem erstbesten Wurfgeschoss, zufällig war es sein Sparschwein.

»Oh nein, du bleibst schön da, wo du bist«, sagte er. »Ich hab alles gehört. Ich weiß, dass du ganz normal reden kannst, also spiel mir nicht schon wieder diese Raubtiernummer vor. Wobei soll ich helfen?«

Das grinsende grüne Porzellanschwein in Mommes Hand verschlug dem Bücherhüter offenbar die Sprache. Ein paar Sekunden wog er alle Möglichkeiten ab, ehe er seine Wahl traf.

»Komm näher!«, befahl er barsch. »Du wirst mich nach Hause bringen.«

Momme stellte zögernd das Sparschwein auf den Schreibtisch zurück und setzte sich auf seinen Drehstuhl.

»Und wo ist das?«, fragte er.

Der Bücherhüter fauchte. »Wenn ich das wüsste, bräuchte ich dich nicht. Das sollst du ja gerade herausfinden!«

»Wieso kennst du dein eigenes Zuhause nicht?«, sagte Momme verblüfft.

Das Tier hieb seine messerscharfen Krallen in das Regalbrett. »Wieso, wieso – weil ich mich um anderes gekümmert habe«, sagte es. »Seit ewigen Zeiten lebte ich in meiner Bibliothek. Niemand hat damit gerechnet, dass der alte Cantimpre so plötzlich sterben und uns in der Villa allein lassen würde. Ein furchtbares Unglück!«

Momme runzelte die Stirn. »Wohnte denn dieser Cantimpre hier in Schwuppstädt?«

»Natürlich, lass mich zu Ende erzählen.« Der Bücherhüter machte eine ungeduldige Pfotenbewegung. Die drei Bücher auf dem Regal erwachten wieder zum Leben und rückten neugierig näher.

»Nun denn.« Der Bücherhüter räusperte sich. »Vor vier Wochen also, nach Cantimpres Beerdigung, tauchte in unserem Haus ein Notar auf, wegen des Testaments. Wie sich herausstellte, hatte Cantimpre seinen nächsten Familienangehörigen als Erben eingesetzt. Natürlich, denn irgendwer sollte sich auch weiterhin um uns kümmern. Cantimpre hätte uns nie einfach so unserem Schicksal überlassen!«

»Selbstverständlich«, murmelte das Lexikon und der Piratenschmöker nickte dazu.

»Der Notar hat diesen Erben aber nicht ausfindig machen können«, fuhr der Bücherhüter fort. »In diesem Fall sollte der gesamte Besitz zu Geld gemacht und gespendet werden. Der Notar verstand jedoch überhaupt nichts von Büchern. Er beschloss, Cantimpres Bibliothek einfach schnell an Leihbüchereien und Trödelgeschäfte weiterzugeben, damit er die Villa verkaufen konnte, und beauftragte deshalb eine Entrümpelungsfirma.«

Die drei Bücher auf Mommes Regal stießen einen Schreckenslaut aus.

»Was passierte dann?«, fragte das Lexikon.

Bei der Erinnerung an diesen Tag schloss der Bücherhüter die Augen.

»Furchtbare Männer kamen, die alles ausräumten und in Möbelwagen luden«, erzählte er mit spröder Stimme weiter. »Mit groben Händen zerrten sie meine alten, dicken Lederbände und die zarten Dünndruckromane aus den Regalen und warfen sie in Kisten. Vollständige zwanzigbändige Reihen, die jahrelang nebeneinander gestanden hatten, wurden auseinandergerissen und in verschiedene Kisten verpackt. Nur ich konnte hören, wie sie schrien. Ein Märchenbuch bekam solche Todesangst, dass es fast sämtliche Bilder verlor. Ich wusste nicht, wie ich ihm helfen sollte. Die Bibliothek wurde in alle Himmelsrichtungen zerstreut. Am Ende, als die Männer nicht hinschauten, sprang ich aus meinem Versteck in eine halb volle Kiste, um wenigstens einige Bücher zu beschützen. Es war grauenhaft.« Der Bücherhüter schüttelte sich.

»Pest und Bilgenschwein«, fluchte der Piratenschmöker. »Man sollte diese Galgenbrüder an der höchsten Rah aufknüpfen!«

»Und so gelangtest du schließlich zu Frau Dobschütz«, murmelte Momme, der langsam verstand. »Aber warum willst du dann zurück in die Villa? Dort zieht bald ein neuer Besitzer ein.«

Der Bücherhüter überging die Frage einfach. Er streckte sich und begann, rastlos auf dem Regalbrett hin und her zu wandern.

»Bring mich so schnell wie möglich dorthin«, sagte er. »Und dann vergiss, dass du mich jemals gesehen hast.«

Momme betrachtete nachdenklich seine Bücher, die aufgeregt miteinander tuschelten. Die Geschichte hatte sie offenbar verstört. Momme bekam fast ein schlechtes Gewissen, als ihm einfiel, wie oft er selbst nicht gerade sorgfältig mit ihnen umgegangen war.

Plötzlich knackte draußen vor der Zimmertür eine Bodendiele und erinnerte Momme daran, dass er nicht ewig hier sitzen konnte.

»Es ist spät, wir reden morgen weiter«, sagte er.

Der Bücherhüter war damit nicht einverstanden. Am liebsten hätte er es gehabt, wenn Momme sofort aufgebrochen wäre. Momme musste ihm mithilfe des Lexikons erst mühsam erklären, warum das mitten in der Nacht nicht möglich war. Erst als er versprach, die Adresse der geheimnisvollen Villa ausfindig zu machen, konnte er den Bücherhüter überzeugen, so lange in den Käfig zurückzukehren und nicht wieder heimlich auszubrechen.

Trotzdem wartete Momme noch, bis sich das Tier wie gewohnt auf seinem letzten, aus der Bibliothek geretteten Buch zum Schlafen zusammengerollt hatte. Um halb zwei fiel Momme endlich in tiefen Schlaf.

Tobias hörte sich am nächsten Tag in der ersten großen Pause staunend Mommes nächtliches Abenteuer an.

»Ein entlaufener Bücherhüter«, sagte er ungläubig. »Das ist echt ein Wahnsinns-Fall. Trotzdem, den werden wir schon lösen. Du fragst einfach in der Bücherei nach, woher die letzte Bücherschenkung kam.«

Momme gähnte und tippte sich an die Stirn. »Klar, damit sie mich gleich zur Polizei bringen! Die alte Dobschütz hat mich doch bei der Lesung genau vor ihrem

Tisch stehen sehen. *Du* fragst, dich erkennt sie nicht. Außerdem brauchst du sowieso endlich einen Leseausweis.«

Tobias musste seinen ersten Einsatz jedoch noch zwei Tage verschieben, bis die Leihbücherei wieder geöffnet hatte. Kurz bevor Frau Dobschütz mit einer schweren Grippe ins Bett fiel, hatte sie den Hausmeister mit einem giftigen Schädlingsbekämpfungsmittel auf die Jagd geschickt und nun roch der Lesesaal stark danach. Sonst erinnerte nichts mehr an den gefährlichen Rattenüberfall. Als Tobias durch die Tür trat, saß nur Frau Leis am Büchereipult. Ohne ihre Chefin in der Nähe war es nicht schwer, sie in ein Gespräch über die dramatische Halloween-Lesenacht zu verwickeln. Tobias brauchte nur das verschwundene alte Buch zu erwähnen, schon sprudelten die Informationen.

»Also ich habe damit gar nichts zu tun«, teilte Frau Leis Tobias mit. »Ich wusste nicht, dass dieser Band so wertvoll war. Nur Frau Dobschütz hat sich schrecklich aufgeregt, weil er aus der Villa eines merkwürdigen Sammlers stammte und ...«

»Wo steht denn diese Villa?«, unterbrach Tobias Frau Leis' Redeschwall.

Frau Leis stutzte. »Du bist schon der Dritte, der nach

diesem Sammler und seinen Büchern fragt. Warum willst du das wissen?«

Tobias erfand schnell eine Ausrede. »Och, ich dachte, man könnte die Villa vielleicht mal besichtigen. Alte Schlösser und so sind mein Hobby.«

Frau Leis tippte seufzend ein paar Worte in die Computertastatur.

»Lichtenthaler Gehölz 127«, sagte sie. »Soll ich es dir aufschreiben?«

Tobias nickte und Frau Leis kritzelte etwas auf einen Zettel, den sie zusammen mit seinem neuen Leseausweis über die Theke schob. Tobias steckte alles ein und bedankte sich.

Er war schon an der Tür, als er plötzlich begriff. Zwei Leute waren vor ihm da gewesen! Er drehte sich um. »Die Leute, die wegen des Buches nachgefragt haben: Waren das auch Kinder?«, fragte er so harmlos wie möglich.

Frau Leis blickte von ihrer Tastatur auf. Ihr Gesicht verfinsterte sich. »Nein«, sagte sie bestimmt. »Zwei Männer. Und auf den letzten mit seinem Hinkefuß hätte ich gut verzichten können.«

Tobias murmelte einen Gruß und trabte zu Mommes Haus.

Momme hatte inzwischen große Schwierigkeiten gehabt, seine Hausaufgaben zu erledigen. Die Anwesenheit des Bücherhüters brachte all seine Schulbücher so durcheinander, dass sie dauernd ihre Seiten umblätterten, wenn er etwas nachlesen oder abschreiben wollte. Das Deutschbuch klappte sich sogar einfach wieder zu vor lauter Aufregung.

»Halt endlich still«, sagte Momme schließlich verzweifelt. »Oder ich stecke dich zu deinem Herrn und Meister in den Käfig!«

»Verzeihung!«, flüsterte das Deutschbuch, denn das wollte es auf keinen Fall.

Die zwei Tage Wartezeit unter Mommes Bett hatten die Laune des Bücherhüters nämlich gehörig verschlechtert. Er lebte in ständiger Furcht, von Mommes Familie entdeckt zu werden. Und obwohl Momme inzwischen wusste, dass sein Gast am liebsten überreife Bananen und Knäckebrot aß, und ihn damit großzügig versorgte, blieb der Bücherhüter gereizt wie ein hungriger Löwe. Vor allem misstraute er Tobias, den er sofort als schlimmen Lesemuffel erkannt hatte.

»Wieso braucht dieser Junge so lange?«, fragte er Momme immer wieder aus seinem Versteck unter dem Bett. »Er mag keine Bücher, er wird uns verraten. Du hättest selbst in die Bücherei gehen sollen.«

»Unsinn«, widersprach Momme. »Tobias ist total in Ordnung.«

Doch als Tobias endlich zur Tür hereinkam und triumphierend mit der Adresse wedelte, musste er auf Beifall verzichten. Bei der Nachricht, dass sich offenbar auch zwei Unbekannte für Cantimpres Haus und seine Bücher interessierten, geriet der Bücherhüter in Panik.

»Wir müssen aufbrechen! Sofort«, zischte er.

Momme erklärte ihm, dass sie mit dem Fahrrad bis ins Lichtenthaler Gehölz fast eine Stunde brauchten. Als Antwort biss der Bücherhüter vor Wut in die Gitterstäbe.

Tobias hielt respektvollen Abstand.

»Diese Leseratte ist wirklich ein garstiges Kerlchen«, sagte er. Vorsichtig ging er in die Hocke und schaute unter Mommes Bett. »Wie sollen wir den Käfig eigentlich auf dem Gepäckträger transportieren?«

»Mein vollständiger Name lautet Opiliolibros«, tönte es heiser unter dem Bett hervor. »Und ich werde nicht länger in diesem unwürdigen Tierstall bleiben!«

»Ist ja gut, Lio-Dingsda«, sagte Tobias. »Dann kriegst du eben einen schönen festen Rucksack.«

Damit war der Bücherhüter einverstanden. Zusammen mit seinem Buch, das er nie aus den Augen ließ, hüpfte er in Mommes Sportrucksack und machte es sich dort so gut es ging bequem.

»Na dann, Mast- und Schotbruch und immer eine Handbreit Wasser unterm Kiel!«, wünschte der Piratenschmöker wehmütig, der auch nichts gegen ein kleines Abenteuer einzuwenden gehabt hätte.

Das dicke Lexikon hüstelte verlegen.

»Hoffentlich findet der Herr Bücherhüter seine Bibliothek wieder«, sagte es überhöflich. »Und falls es nicht klappt, wäre es uns allen natürlich eine große Ehre, den Herrn Bücherhüter wieder hier bei uns willkommen zu heißen und ...«

»Alter Schleimer«, unterbrach ihn der Comic. Daraufhin fiel das Lexikon platt auf die Seite und schwieg beleidigt.

Der Transport war also bald geregelt, nur Mommes kleine Schwester machte Probleme. Neugierig drückte sie sich vor Mommes Zimmertür herum.

»Du hast doch heute Nachmittag gar kein Sporttraining. Wohin geht ihr?«, bohrte sie nach.

Momme, der nicht wollte, dass sie den Rucksack näher untersuchte, wich ihr aus. Kati flitzte hinterher und versperrte den Weg. Tobias zog sie an ihrem Pferdeschwanz beiseite.

»Verzieh dich, Kati«, sagte er mit tiefer Fernsehkommissarstimme, während er Momme durch die Haustür schlüpfen ließ. »Dies ist ein Spezialauftrag!«

Kati zog einen Schmollmund und versuchte erfolglos, Tobias gegen das Scheinbein zu treten. »Ihr seid ja so doof!«

Kurze Zeit später schaukelte der Bücherhüter auf Mommes Rücken seinem ehemaligen Zuhause entgegen.

Das »Lichtenthaler Gehölz« war ein vornehmes Villenviertel am nördlichen Stadtrand. Wie der Name schon sagte, lag es mitten in einem Wald, der von den Anwohnern als Jogginggelände und Hundeauslauf benutzt wurde.

Weil sie sich in diesem Stadtteil nicht auskannten, hatten Momme und Tobias viel länger als geplant dorthin gebraucht. Nebel lag über der Straße und kroch durch Hosenbeine und Jackenärmel, während sie nach den Hausnummern der weit verstreut liegenden Anwesen Ausschau hielten. Die einzige Straße, die durch den Wald führte, schien unglaublich viele Kurven zu haben und verengte sich immer mehr zu einem schlecht asphaltierten Waldweg. Als sie endlich bei Nummer 126 angekommen waren, einem hässlichen Bungalow mit einem »Zu-verkaufen«-Schild am Zaun, streikte Tobias.

»Wir haben das Ende der Welt erreicht«, sagte er zu Momme. »Haus Nummer 127 gibt es nicht.«

»Doch«, ließ sich der Bücherhüter dumpf aus dem Rucksack vernehmen. »Fahrt weiter.«

Momme rückte die Tragegurte des Rucksacks zurecht. »Ach komm, nur noch ein Stück«, sagte er. Auch er hatte längst keine Lust mehr zu suchen, aber noch viel mehr lag ihm daran, den Bücherhüter loszuwerden.

Der dichte Wald wirkte hier krank und bedrohlich und zweimal fuhr Momme beinahe in ein Schlagloch. Plötzlich stieß Tobias mitten in einer Kurve einen Schrei aus.

»Da ist es!«

Die Straße endete an einer ungepflegten Einfahrt vor einem schmiedeeisernen Tor. Hinter einem Dickicht aus Weißdorn, fast erdrückt von ein paar alten Fichten, stand die Villa. Ihr breites Giebeldach und ein spitzer Turm ragten in den grauen Herbsthimmel.

Beide Jungen hielten unwillkürlich die Luft an.

Das aufgeregte Gezappel des Bücherhüters in Mommes Rucksack rüttelte sie wieder auf.

»Habt ihr es gefunden?«, wollte er wissen. »Lasst mich raus!«

Momme und Tobias sahen sich an. Es würde wohl kaum jemand in nächster Zeit hier vorbeikommen, das dunkle Haus war eindeutig unbewohnt.

Momme öffnete den Rucksack. Der Bücherhüter kletterte mit dem Buch zwischen seinen Pfoten heraus und huschte auf drei Beinen zum Eingangstor. Witternd reckte er seine spitze Schnauze vor.

»Jaaa«, zischte er nach einer Weile. »Das ist Cantimpres Haus. Ich werde sie retten!«

Mit einem unbeholfenen Sprung durch die Gitterstäbe verschwand der Bücherhüter im verwilderten Garten.

»Wen will er retten?«, fragte Tobias verdutzt. »Ist doch alles längst gelaufen. Ich glaub, der ist ein bisschen ...« Tobias machte eine vielsagende Handbewegung an seiner Stirn.

»Er hätte sich wenigstens bedanken können«, murmelte Momme. Er streifte sich den leeren Rucksack wieder über die Schultern. »Ich hab überhaupt keine Lust auf den ganzen Weg zurück.«

Tobias lehnte sein Fahrrad gegen die rote Backsteinmauer, die das Grundstück eingrenzte. »Nicht so schnell. Ich finde, wir sollten uns hier mal ein bisschen umsehen.«

Er drückte gegen die rostigen Gitterstäbe des rechten Torflügels. Unter hässlichem Kreischen ließ er sich tatsächlich einen Spalt öffnen, gerade so weit, dass Tobias hindurchpasste.

Momme stellte erschrocken sein Fahrrad ab. »Spinnst du?«

Tobias antwortete nicht. Nach drei Schritten war er zwischen den Hecken und Büschen nicht mehr zu sehen. Momme zögerte ein paar Sekunden, zwängte sich aber schließlich auch durch den Torspalt. Nasse Zweige schlugen ihm ins Gesicht. Blind tastete er sich auf dem Grundstück voran. Zuerst knirschte Kies unter seinen Füßen, als er einen kleinen Vorplatz überquerte, kurz darauf gelangte er auf einen Plattenweg, der zur Haustür der Giebelfront führte. Die Steine waren von einer glitschigen Algenschicht bedeckt. Nach wenigen Schritten kam Momme ins Rutschen und landete auf dem Rücken. Stöhnend richtete er sich auf – und schaute direkt in das aufgerissene Maul eines riesigen geflügelten Monsters!

Es war nur eine verwitterte Steinfigur, die die fünf Treppenstufen hinauf zum Hauseingang bewachte.

»Vorsicht, bissiger Hund«, kicherte Tobias, der dort oben schon neugierig das Türschild untersuchte. Er betätigte drei-, viermal kräftig einen Metallklopfer.

»Hallo, ist jemand zu Hause? Vielleicht ein netter kleiner Bücherhüter?«

Momme stolperte die Treppe hinauf. »Hör sofort auf damit!« Er zerrte seinen Freund die Stufen hinunter.

»Mach doch nicht solchen Stress«, ärgerte sich Tobias. »Ich wollte doch nur mal sehen, ob unser Lio es tatsächlich bis hinein geschafft hat. Ich wette, innen hat die Hütte noch viel Schrilleres zu bieten als das da.«

Er zeigte auf die hässlichen Tierfratzen aus Stein über seinem Kopf, die von den Dachtraufen böse auf sie hinunterstarrten. »Dieser Cantimpre muss ein voll schräger Fantasy-Fan gewesen sein. Los, wir gehen wenigstens einmal ums Haus.«

Momme wusste nicht, wieso, aber er hatte das Gefühl, die Villa lauerte in der Dunkelheit wie ein gefährliches, schlummerndes Tier.

»Nein!«, rief er. Etwas leiser fügte er hinzu: »Ist mir völlig egal, was Cantimpre für ein Typ war. Mir gefällt's hier nicht. Lass uns jetzt verschwinden.«

Tobias tanzte wie ein fröhlicher kleiner Troll um ihn herum.

»Momme, du elender Angsthase! Was soll schon passieren?«

Lachend lief er um die Hausecke, es klang furchtbar laut in der Stille des Gartens. Momme fluchte und tapste hinterher.

Die Rückfront der Villa wirkte noch abweisender. Wo einmal ein großer, von Büschen umstandener Rasenplatz gewesen war, breitete sich herbstwelkes Unkraut aus. Drei vom Wind umgeworfene Bänke waren offensichtlich schon ewig nicht mehr benutzt worden, denn ihre Streben hatten Holzkäfer zerfressen. Ungestutzte Buchshecken wucherten formlos in alle Richtungen. Efeu hatte sich aus Blumenbeeten davongestohlen, mit langen Fingern an die grauen Hausmauern geheftet und inzwischen die Dachrinne erreicht. Es führte keine einzige Tür in das Innere des Hauses und jedes der hohen, rechteckigen Fenster war vergittert.

Momme zog fröstelnd die Schultern hoch. Wie eine Burg, dachte er. Wer hier gewohnt hatte, wollte absolut keinen Überraschungsbesuch. Wo steckte nur dieser verdammte Spinner Tobias?

In den Büschen ein paar Meter neben Momme raschelte es.

»Tobi?«, rief Momme leise.

Ein seltsamer Laut kam aus dem Dickicht, halb Kichern, halb Seufzen.

Momme spürte, wie sich die Härchen in seinem Nacken aufrichteten. Schritt für Schritt ging er rückwärts, auf dem gleichen Weg, den er gekommen war.

»Hey, Momme, ich hab was entdeckt«, rief Tobias plötzlich ganz in der Nähe.

In diesem Moment schlug an der vorderen Hausseite eine Autotür zu. Gebell hallte durch den Garten. Ehe Momme überhaupt ans Weglaufen denken konnte, brachen zwei Hunde durchs Gebüsch. Sie sahen gefährlich aus, mit bulligen Körpern und breiten, sabbernden Schnauzen. Ein paar Schritte vor Momme bremste der vordere und senkte den Kopf. Schnüffelnd sog er Mommes Geruch ein. Momme bewegte keinen Muskel.

»Diogo, Mafalda – aqui!«

Ein Mann tauchte auf dem Rasenplatz auf und schaute sich suchend um. Mit einem Blick erfasste er die Situation. Auf einen leisen Pfiff hin kehrten die Hunde gehorsam zu ihrem Herrn zurück.

»Platz!«, befahl der Mann. Er wartete, bis die Tiere flach auf dem Boden lagen, bevor er näher kam. Momme fiel auf, dass er hinkte.

»Was suchst du hier? Wer hat dich hergeschickt?« Der Mann sprach mit kaum unterdrückter Wut.

Momme spürte, wie seine Knie zitterten.

»Ich, wir ... wir suchen nichts ...«, stotterte er.

Beim Klang seiner Stimme begannen die Hunde zu knurren.

Eine Handbewegung brachte sie zum Schweigen.

»Sieh mal an, du bist nicht allein«, sagte der Fremde mit kalter Höflichkeit. »Schön, schön. Du rufst jetzt auf der Stelle deine Freunde zusammen, damit ich euch sicher zum Tor begleiten kann. Wir wollen doch nicht, dass meine Hunde euren Besuch missverstehen.«

Momme nickte hastig, aus seinem Mund kam nur ein Krächzen. Aber da trat Tobias schon hinter einer zerbrochenen Marmorfigur hervor. Auch er hatte Angst, das erkannte Momme daran, dass er einen großen Bogen um die Hunde machte. Mit trotziger Miene stellte er sich neben seinen Freund.

»Wir haben uns nur mal das Haus angesehen«, fantasierte er wild drauflos. »Sein Vater will es nämlich vielleicht kaufen ...«

Er hätte nichts Schlimmeres sagen können.

»Niemand bekommt dieses Haus«, erwiderte der Mann so heftig, dass Tobias zusammenzuckte. »Ich bin der Besitzer. Und nun raus mit euch!«

Unter den wachsamen Blicken der beiden Hunde brachte der Fremde die Jungen bis zum Tor, wo auf der Straße sein schwarzer Geländewagen mit getönten Scheiben parkte. Misstrauisch beobachtete er, ob Momme und Tobias auch wirklich auf ihre Räder stiegen. Erst dann schob er das schwere Tor zu, als wolle er die ganze Welt ausschließen.

Schweigend strampelten Momme und Tobias die Straße entlang, bis das Grundstück hinter ihnen lag.

An einer Parkbank hielt Tobias und stieß einen tiefen Seufzer aus.

»Ich weiß nicht, wer schlimmer ist: der Typ oder seine Hunde«, sagte er. »Was waren das für Biester?«

Momme zog die Nase hoch. »Bestimmt Bluthunde. Ich dachte, mein Herz bleibt stehen. Und wie sauer er wegen des Hauses wurde!«

Plötzlich schlug er mit der Faust auf seinen Lenker. »Der Bücherhüter! Wenn die Hunde ihn erwischen ...«

Tobias zog ein Gesicht. »Verdammt. Aber ich geh da nicht noch einmal rein. Außerdem wissen wir doch gar nicht, was er hier vorhat. Er hat es schließlich so gewollt, oder?«

Momme drehte sich um und schaute die Straße entlang. War es nicht gemein, den Bücherhüter einfach so seinem Schicksal zu überlassen? Er kannte sich hier draußen in dieser Welt überhaupt nicht aus, hatte immer nur seine Bücher bewacht ...

Obwohl Tobias protestierte, wendete Momme sein Fahrrad. Er war noch nicht weit gekommen, als die

Hunde in der Ferne wieder anschlugen. Sofort bremste er. Das aufgeregte Gebell steigerte sich zu einem hohen Jaulen und kam dann rasch näher. Kein Zweifel, die Hunde waren hinter jemandem her!

Tobias schoss auf seinem Mountainbike heran.

»Weg hier!«, schrie er Momme an. »Sie kommen gleich über die Mauer!«

Es war jedoch der Bücherhüter, der plötzlich oben auf der Mauerkante erschien. Gehetzt blickte er sich um, sein geliebtes Buch fest mit einer Pfote umklammert. Erde und Blätter klebten in seinem Fell, aus einem Riss über dem Auge sickerte Blut.

Momme ließ sein Rad fallen. Mit ausgestreckten Armen lief er ihm entgegen. »Spring!«, rief er.

Ohne Zögern stieß das Tier sich ab, landete auf Mommes Brust, der einen Schritt zurücktaumelte. Das Buch fiel zu Boden, der Bücherhüter folgte. Die Hunde hinter der Mauer jaulten ohrenbetäubend.

Momme zerrte seinen Rucksack von der Schulter. Er musste gar nichts sagen, der Bücherhüter wusste von allein, was zu tun war. Schnell schloss Momme über ihm und dem Buch die Klappe.

»Achtung, da kommt ein Auto!«, warnte Tobias, der sie währenddessen wie eine besorgte Henne umkreiste.

Momme warf den Rucksack über die Schulter und hechtete auf den Fahrradsattel. Mit voller Kraft strampelten sie beide wieder Richtung Stadt davon, vorbei an einem langsam herankriechenden weißen Transporter. Ein älterer Herr saß am Steuer, der offenbar schlecht sah, denn er klebte direkt hinter der Windschutzscheibe und schaute durch seine runden Brillengläser sorgenvoll auf den Waldweg.

Erst als sie das Lichtenthaler Gehölz verlassen hatten und wieder in ein bekannteres Viertel eingebogen waren, in dem normaler Feierabendverkehr herrschte, verlangsamte Momme sein Tempo.

»Und was jetzt?«, fragte er Tobias an einer roten Ampel. Tobias warf einen Blick auf den Rucksack.

»Unsere Hütte«, antwortete er knapp. »Dort gibt es keine Hunde.«

Der Bücherhüter war nach dem Vorfall jedoch so verschreckt, dass ihn selbst das harmlose Geschnatter von Hestermanns Gänsen nervös machte, die noch auf der Flusswiese nach Futter suchten. Kaum hatten Tobias und Momme ihre Fahrräder auf Hestermanns Hofplatz geparkt und liefen den Trampelpfad hinunter zur Hütte, begann er hinten im Rucksack zu rumoren.

»Was ist das für ein Geräusch?«, quiekte er schrill.

»Schsch!«, machte Momme. »Nichts Gefährliches!«

Unter den ersten Apfelbäumen blieb Tobias stehen.

»Guck mal«, sagte er mit seltsamer Stimme. Durch die geschlossenen Fensterläden der Blockhütte fiel ein Lichtstrahl. Neben dem Holzstapel, der links vom Eingang aufgeschichtet war, lag, halb unter dem Holunderbusch versteckt, ein Rad, das Momme irgendwie bekannt vorkam. Langsam schlichen beide Jungen näher. Momme stieß mit einem kräftigen Fußtritt die angelehnte Tür auf.

Auf der Eckbank des IQ-Teams, beleuchtet von einer starken Taschenlampe, den unvermeidlichen Kopfhörer ihres MP3-Players im linken Ohr, saß Finja. Mit sorgfältigen Strichen lackierte sie sich die Fingernägel.

»Kommt rein und macht die Tür hinter euch zu«, sagte sie, ohne aufzublicken. »Was hier noch fehlt, ist ein Ofen.« Sie pustete auf ihre Hände.

»Hier fehlt überhaupt nichts!«, brauste Tobias sofort auf. Wütend stampfte er näher. »Höchstens ein besseres Schloss!«

Momme guckte besorgt über seine Schulter und betete, dass der Bücherhüter still blieb. Es lief auch alles schief! »Stimmt«, sagte er. »Das ist Einbruch, weißt du das?!«

Finja drehte mit spitzen Fingern das Nagellackfläschchen zu. »Ach nee, und was ist mit euch?«, sagte sie mit ihrer schrillen Piepsstimme. »Wie viel kriegt man eigentlich so für Diebstahl von Büchereieigentum?«

Sie lächelte, denn die Gesichter der beiden Jungen verrieten sie sofort.

Tobias gab sich noch nicht geschlagen. »Was meinst du damit?«

Finja sprang von der Bank auf. »Ich weiß ganz genau, was ihr da mit euch herumtragt, ihr Tierquäler«, sagte sie mit einem Mal richtig böse. »Wie kann man nur so gemein sein? Sie bekommt überhaupt keine Luft! Wenn ihr die arme Ratte nicht sofort freilasst, dann erzähl ich Frau Dobschütz, dass ihr das Buch geklaut habt. Das gibt garantiert eine Anzeige. Also: eins ... zwei ...«

Die Hände in die Hüften gestemmt, rückte Finja Schritt für Schritt näher.

Momme und Tobias sahen sich überrascht an.

Sie blufft nicht, dachte Momme, während er vor Finja zurückwich. Sie hat in der Bücherei tatsächlich alles gesehen!

Tobias packte Finja an den Handgelenken und versuchte, sie aus der Hütte zu zerren. »Ach was, wer glaubt schon einer Petze!«

»Nein, Tobi, hör auf!« Momme ging dazwischen, sodass Finja eine Hand befreien konnte. Ein Boxhieb traf Mommes Rucksack.

»Auuuu!«, jammerte der Bücherhüter kläglich.

Finja wirbelte herum. »Was war das?«

Momme ließ die Hände sinken. Passiert war passiert, sie hatten einen Mitwisser. Er konnte nur hoffen, dass Finjas Tiertick ihnen irgendwie nützen würde.

»Lass sie los«, sagte er zu Tobias und nahm den Rucksack ab. Vorsichtig hob er den Bücherhüter heraus. Er sah übel aus, mit dem inzwischen geronnenen Blut über dem rechten Auge und dem schmutzigen Fell. Sein Quastenschwanz hing schlaff herab. Tobias legte schnell eines der Sitzpolster auf den Tisch. Behutsam bettete Momme den Bücherhüter darauf.

Finja drängte sich zwischen die beiden Jungen.

»Sie ist ja verletzt«, rief sie aufgebracht. »Was habt ihr ...« Sie bemerkte das seltsame Aussehen der vermeintlichen Ratte und verstummte vor Überraschung.

Tobias plumpste erschöpft auf die Eckbank.

»Ja, danke, halt einfach mal die Luft an«, sagte er. »Das ist Lio, einer der letzten lebenden Bücherhüter. Und wir waren es nicht, die ihm das verpasst haben.«

6

Momme hatte Finja eigentlich immer für eine schreckliche Nervensäge gehalten, aber als Erste-Hilfe-Sanitäterin für einen bissigen Bücherhüter war sie ganz gut zu gebrauchen. Sie stellte wenig dumme Fragen und kreischte nicht los, als der Bücherhüter zu sprechen begann. Nachdem sie erfahren hatte, woher das Tier kam und was im Garten der Villa passiert war, nahm sie einfach die Dinge in die Hand, wie eine begeisterte Naturforscherin, die gerade eine seltene Tierart entdeckt hatte.

»Bis das verheilt ist, ruhst du dich hier ein paar Tage aus, Lio«, bestimmte sie, während sie mit einem Taschentuch die Wunde reinigte. »Inzwischen überlegen wir, wie wir dir weiterhelfen können. Du brauchst ein neues Zuhause. Natürlich nicht in einer Leihbücherei, das ist viel zu gefährlich. Am besten bei so einem Sammler mit vielen Büchern. Wie nennt man das noch?«

Sie zupfte ein frisches Taschentuch aus ihrer Packung und hielt es Momme hin.

Momme goss etwas Mineralwasser darauf.

»Eine Privatbibliothek«, half er Finja auf die Sprünge.

»Natürlich«, brummte Tobias. »Die wachsen bekanntlich auf Bäumen.«

Misstrauisch beobachtete er, wie Finja begann, das verschmutzte Fell zu reinigen. Es störte ihn, dass sie sich als Retterin aufspielte.

Noch weniger verstand er, wieso der Bücherhüter sich das so widerstandslos gefallen ließ. Aber irgendetwas schien er an Finja zu mögen. Tobias hatte allerdings keine Ahnung was das sein könnte.

»So, fertig«, sagte Finja. Sie warf die zusammengeknüllten Taschentücher in eine leere Futtertonne, die als Mülleimer diente. »Was hältst du von meiner Idee, Lio?«

Der Bücherhüter erhob sich steifbeinig von seinem Kissen und schüttelte sich wie ein Hund nach dem Baden.

»Das ist nett gemeint«, sagte er. »Aber ich habe bereits ein Zuhause. Ich gehe zurück in die Villa.«

Momme traute seinen Ohren nicht. War der Bücherhüter denn verrückt geworden?

Lio winkte Tobias herrisch mit der Pfote.,»Du da, gib mir mein Buch aus dem Rucksack!«

Tobias rührte sich nicht von der Stelle.

»Vergiss doch endlich dieses blöde Buch«, sagte er stattdessen. »Außerdem: Verstehst du nicht? Du kannst nicht mehr zurück! Noch so ein Hundeangriff und es ist aus mit dir!«

Der Bücherhüter sprang ihm fast ins Gesicht.

»Nein, du verstehst nicht«, zischte er zornig. »Gar nichts! Dieses Buch ist ungeheuer wertvoll, es darf nicht in die falschen Hände gelangen!« Er drehte sich zu Finja und Momme um und sah sie einen Moment prüfend mit seinen glühenden Augen an.

»Ich verrate euch ein Geheimnis«, sagte er langsam. »In Cantimpres Bibliothek standen nicht nur gewöhnliche Bücher. Auch sehr seltene und sehr gefährliche. Deshalb gibt es ... *gab* es dort noch einen zweiten Bücherhüter. Als die Möbelpacker in Cantimpres Villa kamen, wurden wir getrennt. Aber er wird dorthin zurückkehren und ich muss ihn unbedingt wiederfinden!«

Tobias, der gerade die Wasserflasche an die Lippen gesetzt hatte, verschüttete die Hälfte über seine Jacke.

Momme schüttelte fassungslos den Kopf. »Warum hast du das nicht gleich gesagt?«

Finja rümpfte über so viel Blindheit die Nase. »Weil er euch nicht vertraute«, sagte sie.

Momme und Tobias sahen sich betroffen an. Und das nach der ganzen Mühe, die sie sich gemacht hatten!

Eine unbehagliche Pause entstand, während der sich der Bücherhüter ausgiebig die spitze Schnauze putzte.

»Kein Grund, beleidigt zu sein«, murmelte er schließlich.

Momme runzelte die Stirn.

»Okay, vergessen wir das mal. Wieso bist du so sicher, dass dein ... dein *Freund* in die Villa kommen wird?«

Lio schaute zu Boden. Die Antwort schien ihm schwerzufallen.

»Weil wir dort geboren sind«, sagte er etwas verlegen. »Solange er lebt, wird er versuchen, dorthin zurückzukehren. Genau deshalb mache ich mir ja solche Sorgen, dass er noch nicht da war. Ich habe alles abgesucht – bis die Hunde kamen.«

»Das muss ja nichts Schlimmes bedeuten. Vielleicht steckt er immer noch in irgendeiner Leihbücherei«, sagte Finja tröstend.

»Oder er wurde auf dem Weg zur Villa durch etwas

aufgehalten«, überlegte Momme. »Du hast ja auch ein paar Tage gebraucht.«

»Oder, oder, oder. Es kann alles Mögliche passiert sein«, sagte der Bücherhüter. »Wie soll ich weitermachen? Wen soll ich nach ihm fragen?«

Einen Moment sahen sich die drei ratlos an. Plötzlich breitete sich ein Lächeln auf Tobias' Gesicht aus. Er zog eine völlig vom Regen aufgeweichte Zeitschrift aus seiner Parkatasche und legte sie auf den Tisch. Das halbe Deckblatt fehlte, nur der Untertitel war noch erkennbar: *... verschwundenen Schätzen auf der Spur!*

Daneben war ein Junge mit einer karierten Sherlock-Holmes-Mütze auf dem Kopf abgebildet, der eine Fußspur unter einer riesigen Lupe betrachtete.

»Die hab ich am Kellereingang der Villa gefunden«, sagte Tobias stolz. »Sie klemmte hinter der Türklinke. Ob das ein Hinweis ist?«

Ein Zittern ging durch den Körper des Bücherhüters.

»Ich wusste es«, flüsterte er. »Eine Nachricht für mich ...«

»Was für eine Nachricht denn?«, wunderte sich Finja.

»Wart's ab«, sagte Tobias geheimnisvoll.

Ein paar Sekunden sah es so aus, als wolle der Bücherhüter Tobias danken, er beherrschte sich dann aber doch.

»Du hättest mir die Zeitschrift sofort geben sollen«, nörgelte er stattdessen.

Er kreuzte die Pfoten vor der Brust und murmelte einige unverständliche Worte in einer seltsamen Melodie. Nach einer Weile begann die Zeitschrift sich zu bewegen.

»... hallo, lieber Leser, hier bekommst du deinen Junior-Schnüffler-Ausweis«, lispelte sie mit einer niedlichen Kleinmädchenstimme. »Der Träger dieses Ausweises hat erfolgreich am Spurensuche-Seminar teilgenommen.«

Tobias sah zufrieden, dass Finja fast die Augen aus dem Kopf fielen.

»Hey, das ist eine Kinderzeitschrift«, flüsterte Momme fasziniert. »So eine mit Rätseln und Detektivgeschichten. Hab ich mir auch mal ausgeliehen.«

»Ja, nur leider ist sie halb tot«, erwiderte der Bücherhüter ernst. »Sie hat einen schweren Wasserschaden.«

Er beugte sich vor, sodass seine Schnauze fast das Deckblatt berührte.

»Hör genau zu, meine Kleine: Ich bin Lio, der Bücherhüter, und ich suche meinen Freund. Er sieht genauso aus wie ich. Hast du ihn getroffen?«

Die Zeitschrift versuchte mit ihren Seiten zu rascheln, zum Zeichen, dass sie verstanden hatte. Doch ihr durchtränktes Papier löste sich dabei in kleine Fetzen auf.

»Ja, ja, war da«, stieß sie abgehackt hervor. »Große Ehre, euch zu helfen. – Alle Detektive, aufgepasst: Lest meine nasse Reportage! – Oh, ich fühle mich so seltsam ...«

Es war klar, dass die Zeitschrift es nicht mehr lange machen würde.

»Komm, komm, konzentrier dich«, fauchte der Bücherhüter verzweifelt. »Was hat er erzählt? Sollst du mir etwas ausrichten?«

Die Zeitschrift sammelte ihre letzten Kräfte.

»Ja ... Geheime Nachricht«, hauchte sie. »Folge unseren Büchern, dann werden wir uns wiedersehen ... wiedersehen ... -sehen ...«

Die Kinderstimme wurde immer schwächer und erstarb.

Der Bücherhüter strich sanft mit der Pfote über das Deckblatt.

»Armes Ding«, sagte er leise. »Sie hat ihren Auftrag erfüllt. Möge sie in Frieden zu Altpapier werden.«

Momme schaute mit großen Augen auf die ungewöhnliche Leiche vor ihm.

Tobias rückte nervös seine Baseballkappe zurecht, Finja knabberte an den Fingern und ruinierte ihren frischen Nagellack. Lange wusste keiner, was er sagen sollte.

»Wir können sie doch nicht einfach in einen Container werfen«, murmelte Finja schließlich. »Ich finde, wir sollten sie richtig begraben.«

Es wurde eine sehr kurze Beerdigung, denn als die drei nach draußen traten, war es fast dunkel, für jeden Viertklässler allerhöchste Zeit, nach Hause zu fahren.

Tobias warf einen Blick auf seine Uhr.

»Beeilung«, drängte er. »Wenn ich in zehn Minuten nicht beim Abendessen bin, könnt ihr mich gleich mit eingraben.«

Momme hob mit Hestermanns altem Spaten eine flache Grube unter dem nächsten Apfelbaum aus, Tobias und Finja legten feierlich die Zeitschrift hinein. Danach wurde alles hastig wieder zugeschaufelt und festgeklopft. Bevor sie in die Hütte zurückgingen, steckte Finja noch eine halb verwelkte Aster auf das frische Grab.

»Danke schön«, sagte der Bücherhüter, der vom Fenster aus zugesehen hatte. »Nun, wie es aussieht, werde ich euch nicht länger zur Last fallen. Die Botschaft meines Freundes ist klar: Ich muss nur herausbekommen, wo die restlichen Bücherkisten geblieben sind.«

Finja zog energisch den Reißverschluss ihrer Regenjacke zu.

»Wohl kaum mit dieser Beule am Kopf«, stellte sie fest.

»Außerdem erledigen wir das viel schneller. Ich rufe alle Leihbüchereien in unserer Stadt an, ob sie aus Cantimpres Bibliothek Bücher bekommen haben. Momme und Tobias nehmen sich die Trödelgeschäfte vor, die alte Bücher kaufen. Irgendwo dort wird der zweite Bücherhüter früher oder später auftauchen – und bestimmt auch gesehen werden. Wir sollten gleich am Telefon nachfragen, ob die Leute zufällig ein Rattenproblem haben.«

»Gute Idee.« Momme nickte anerkennend. Dumm war sie nicht, diese Finja, und sie kombinierte erstaunlich schnell. Man musste ihr nur ganz dringend mal sagen, wer hier der Boss war. Zu Mommes Kummer fiel ihm so etwas schrecklich schwer.

Er räusperte sich.

»Also, ähm, dann machen wir das so und treffen uns zur Einsatzbesprechung morgen um fünf hier im Hauptquartier«, sagte er, um etwas verlorenen Boden zurückzugewinnen.

Finja zog die Augenbrauen hoch, grinste aber.

»Klar doch.«

Sie drückte Momme den rostigen Hüttenschlüssel in die Hand.»Hier, nehmt den besser mit, wenn ihr abgeschlossen habt. Der Blumentopf neben dem Regenrohr war ein echt mieses Versteck.«

Sie strich dem überraschten Bücherhüter übers Fell. »Mach dir keine Sorgen, Lio, wir finden deinen Freund. Tschau, ihr zwei.«

Sie winkte noch einmal lässig und lief aus der Hütte.

Tobias' Gesicht war ein einziges Fragezeichen.

»Gehört sie jetzt etwa zum IQ-Team?«, beschwerte er sich bei Momme. »*Nehmt den Schlüssel besser mit* – ich lasse mich doch nicht von so einer Zicke herumkommandieren! Und überhaupt, Lio, wieso darf sie bestimmen, was du ...«

Keiner hörte Tobias zu. Der Bücherhüter hatte offenbar sein Schicksal vertrauensvoll in Finjas Hände gelegt und sich dankbar neben seinem Buch wieder auf dem Sitzkissen zum Schlafen zusammengerollt. Momme dagegen knipste einfach die Lampe aus und schubste Tobias aus der Tür, was ihm endgültig den Mund stopfte.

Draußen schloss Momme dann sorgfältig zweimal ab, bevor er den Schlüssel in seiner Hosentasche versenkte.

In diesem Versteck würde der Bücherhüter, von ein paar Mäusen abgesehen, nichts zu befürchten haben. Erleichtert machte er sich mit Tobias auf den Heimweg.

An der Kreuzung vor dem alten Kloster, wo sie beide Richtung Schusterviertel in eine Seitenstraße abbiegen mussten, überholten sie auf ihren Rädern Finja. Sie tänzelte zur Musik ihres MP3-Players gerade am Schaufenster eines Friseurs vorbei.

»Hilfe! Mir wird schlecht!«, schnaubte Tobias und schaltete einen Gang tiefer.

Momme drehte sich nach ein paar Metern noch einmal nach der tanzenden Gestalt um.

Irgendetwas störte ihn an Finjas Anblick, irgendetwas stimmte nicht, aber er hatte keine Zeit, darüber nachzudenken, was es war, weil in diesem Moment die Kirchturmuhr halb acht schlug.

Über eine Stunde Verspätung: An diesem Abend würde Mama nicht so leicht zu besänftigen sein.

Der lange Esstisch im Wohnzimmer war schon abgeräumt, als Momme sich hereinschlich. In der Küche stand ein Rest Salat und ein einsames, schrumpeliges Würstchen.

Während Momme im Stehen ein paar Happen Salat verschlang, lauschte er Papa und Kati, die im Badezimmer herumalberten. Seine Mutter kam mit einem Stapel Rechnungen in der Hand herein.

»Ach, da ist ja endlich unser Held, zurück von seinem Spezialauftrag«, sagte Frau Beer mit Sturm in der Stimme. »Hatten wir nicht eine Abmachung, Momme?«

Momme nickte schuldbewusst, doch, klar gab es eine Abmachung. Um halb sieben spätestens zu Hause sein zu dieser Jahreszeit, lautete die, und auch, dass man das gemeinsame Familienabendessen nicht einfach ausfallen ließ.

Heute war jedoch einer dieser knallharten Tage gewesen, an dem die Dinge auch einen erfahrenen Ermittler einfach überrollten. Mama als Profi hätte das eigentlich am ehesten verstehen müssen.

Momme murmelte eine möglichst glaubwürdige Entschuldigung und versprach, sich zu bessern.

»Das will ich auch stark hoffen«, sagte Frau Beer. »Wirklich, Momme, sonst kann ich dich nicht mehr in diese Hütte am Fluss lassen. Übrigens hat vorhin dreimal irgendein fürchterlich nuschelnder Junge angerufen, seinen Namen habe ich nicht verstanden. Und der lag für dich im Briefkasten.« Sie warf einen braunen Umschlag auf den Küchentresen. Laut vor sich hin rechnend, ging sie an ihren Computer zurück.

Momme drehte den Brief in den Händen. Sein Name und die Adresse waren daraufgedruckt, aber kein Absender. Er riss den Umschlag auf und schüttelte ein einziges Blatt heraus. Es war mit aus einer Zeitung ausgeschnittenen Buchstaben beklebt. Auf allen vier Ecken starrten Momme blöde grinsende Computerspielmonster an.

Der Text bestand aus wenigen Sätzen:

FÜRCHTE DICH, DENN DER TAG DER
WARHEIT IST GEKOMMEN!
DIE DESPERADOS

PS: DER FLUSS GEHÖRT UNS!

Momme knüllte den Zettel zusammen. Auch das noch. Nach dem Zusammenstoß an Halloween war er Big Mäx erfolgreich aus dem Weg gegangen, nun blies der Dicke zum Angriff!

Um nachzudenken, verzog sich Momme mit der hübsch gebastelten Kriegserklärung der *Desperados* in sein Zimmer.

Kaum hatte er sich in seinen Sitzsack geworfen, wurde er von den Büchern im Regal mit neugierigen Fragen bombardiert. Seit der Bücherhüter sie besucht hatte, schienen sie jede Scheu vor Momme verloren zu haben.

»Yo, Mann, was geht ab?«, begrüßte ihn der Comic. Weiter kam er nicht. Der Piratenschmöker wälzte sich über das dünne Heft hinweg.

»Ist die alte Karavelle mit euch sicher in ihren Heimathafen gesegelt?«, wollte er wissen.

Momme guckte verwirrt. Was war, bitte, eine Karavelle?

»Er meint, ob der Herr Bücherhüter wieder in seiner Villa ist«, erklärte das Lexikon und schaute im Zimmer herum. Auf dem Schreibtisch lagen Mommes Schulbücher, die aufgeregt mit ihren durchsichtigen Schutzhüllen wedelten. Selbst der Stapel alter Fußballhefte in der Ecke wisperte vor sich hin. »Wir alle hier hoffen das.«

Momme schüttelte bedauernd den Kopf. »Leider nicht. Dort wohnt jetzt ein Mann mit zwei grässlichen Hunden.«

In kurzen Sätzen berichtete er von Lios Verletzung, Finjas überraschender Erste-Hilfe-Aktion in der Hütte und dem zweiten Bücherhüter und seiner Botschaft.

Die Bücher waren erschüttert. Minutenlang vergaßen sie jede Vorsicht. Momme musste jede Menge Zwischenrufe beantworten und versuchte sie mühsam zu beruhigen. Der Piratenschmöker wollte dem Bücherhüter auf der Stelle zu Hilfe eilen, er stimmte mit seiner tiefen Bassstimme blutrünstige Enterlieder an. Die Fußballhefte in der Ecke hielten mit und brüllten ebenso wüste Stadiongesänge.

Mittendrin klopfte es an der Tür. Die Bücher erstarrten.

Frau Beer steckte den Kopf herein.

»Schluss damit, Momme«, sagte sie ärgerlich. »Wie soll Kati bei deinem Gegröle schlafen. Komm jetzt ins Bad und mach dich bettfertig!«

Momme blieb nichts anderes übrig, als ihr zu folgen.

»Morgen«, formte er lautlos mit den Lippen, als er am Lexikon vorbeiging.

Später, nachdem seine Mutter Gute Nacht gesagt hatte, studierte Momme unter der Bettdecke noch einmal den Zettel der *Desperados*. Den Büchern hatte er davon nichts erzählt, sie waren auch so schon völlig aus dem Häuschen.

FÜRCHTE DICH, DENN DER TAG DER WARHEIT IST GEKOMMEN!

Momme knipste seine kleine Taschenlampe aus. Warheit ohne h. Wer von diesen weichen Birnen hatte das geschrieben? Etwa Big Mäx selbst?

Wohl kaum, eher sein Haussklave Benny, der magere, nuschelnde Neuzugang, den Big Mäx so gerne schikanierte. Ein nuschelnder Junge hatte heute dreimal am Telefon nach Momme gefragt, das konnte nur Benny gewesen sein.

Benny Schober, der Junge mit dem lächerlichen, altmodischen Oma-Rad.

Eiskalt wurde Momme, nicht allein wegen der frostigen Novemberluft, die durchs offene Fenster blies.

Das Oma-Rad! Es hatte unter dem Busch neben Hestermanns Hütte gelegen. Das Oma-Rad, das eben nicht Finja gehörte, die deshalb zu Fuß nach Hause gegangen war. Benny war heute Nachmittag als Späher der *Desperados* unterwegs gewesen!

Am nächsten Tag trommelte Momme in der Schulpause das IQ-Team im abhörsicheren Fahrradkeller zusammen und berichtete von seiner Entdeckung. Tobias machte ein besorgtes Gesicht. Finja dagegen aß gelassen weiter ihre Brezel.

»Auch wenn Benny gestern Abend wirklich in den Büschen gehockt hat, kann er nicht viel gesehen haben«, sagte sie zwischen zwei Bissen. »Die Fensterläden waren zu. Wir müssen eben in Zukunft aufpassen, ob die *Desperados* uns verfolgen. Zum Bücherhüter rein können sie jedenfalls nicht und vor ihrem albernen Angriff habe ich auch keine Angst.«

Tobias und Momme waren da nicht so überzeugt. Big Mäx konnte manchmal richtig fies werden, das hatte das vergangene Jahr gezeigt. Einem Mädchen war das aber natürlich nicht klarzumachen.

»Na ja, dass Big Mäx gerade jetzt um Hestermanns Hütte schleicht, gefällt mir einfach nicht«, sagte Momme ruhiger, als ihm zumute war. »Ein Grund mehr, so schnell wie möglich diese Telefonliste mit den Trödelgeschäften abzuklappern.«

Es klingelte zur nächsten Stunde. Tobias stopfte sich den Rest seines Pausenbrotes in den Mund.

»Kein Problem«, sagte er undeutlich, während er zur Tür marschierte. »Langweilige Routinearbeit erledige ich mit links.«

Vielleicht, weil dies der erste Fall des IQ-Teams war, dauerte die Routinearbeit jedoch viel länger, als Tobias erwartet hatte. Mehrere Nachmittage verbrachten sie damit in Mommes Zimmer, ärgerlicherweise ohne ein einziges brauchbares Ergebnis.

Es gab nämlich eine ganze Anzahl von Trödelläden in Schwuppstädt, die mit alten Büchern handelten. Antiquariate nannte man die und ihre Besitzer schienen merkwürdige Menschen zu sein. Sie gingen gar nicht oder frühestens nach zwanzigmal Läuten ans Telefon. Sie waren sehr schlecht gelaunt. Sie gaben grundsätzlich keine Auskünfte an Kinder.

»Bücher von Herrn Cantimpre? Kann mich nicht mehr daran erinnern, ob ich so was bekommen habe«, war die häufigste Antwort.

Tobias wurde immer ungeduldiger und verhaspelte sich bei den Fragen. Erst als Momme ihn ablöste und seine allernetteste Lieblingsenkelstimme einsetzte, schauten ein paar Leute überhaupt in ihren Unterlagen nach. Aber wenn er sie anschließend auch noch nach Ratten im Laden fragte, legten die meisten einfach wütend auf.

Abend für Abend mussten Momme und Tobias den unruhig wartenden Bücherhüter vertrösten, wenn sie ihm frische Vorräte in die Hütte brachten. Jedes Mal suchten sie vorher die Umgebung nach Spähern der *Desperados* ab. Außer Hestermanns Gänsen war jedoch auf der Wiese niemand zu sehen und Finja machte sich schon über die übertriebene Vorsicht der beiden lustig.

Der Bücherhüter hatte sich mittlerweile auf dem obersten Regalbrett zwischen der eingestaubten Detektivausrüstung eine Art Nest gebaut. Sein verletztes Auge war dick zugeschwollen und nun sah er aus wie ein Boxer nach verlorenem Kampf. Trotzdem meckerte er von seinem Krankenlager herab, wieso es nicht voranging.

»Gründliche Recherche dauert eben seine Zeit«, verteidigte sich Momme mit einem Seitenblick zu Finja. Es war ihm ziemlich peinlich, dass das IQ-Team so versagte. Wieso wurde in den Fernsehfilmen eigentlich nie gezeigt, wie mühsam und langweilig echte Detektivarbeit sein konnte?

Zum Glück hatte auch Finja noch nichts erreicht. Die Angestellten der sieben Stadtteilbüchereien von Schwuppstädt am Telefon auszufragen, war nämlich mindestens genauso schwierig.

Auch am folgenden Freitagnachmittag sah es anfangs nicht so aus, als ob das IQ-Team den Fall jemals zu Ende bringen würde. Ziemlich mutlos arbeiteten Momme und Tobias in Mommes Zimmer die letzten Nummern auf ihrer Liste ab. Bei ihrem vierten Anruf hatten sie endlich Glück.

»Hier ist das *Kabinett Fantastika* – die erste Adresse für seltene Bücher. Sie sprechen mit dem Inhaber persönlich. Womit kann ich dienen?«, meldete sich umständlich ein älterer Herr.

Momme ratterte seinen Spruch herunter.

Der Mann reagierte seltsam.

»Cantimpre? Was willst du denn damit?!«, stieß er hervor. »Ich glaube nicht, dass dir die Bücher gefallen.«

Momme machte Tobias, der gelangweilt neben ihm in einem Stadtplan blätterte, aufgeregte Zeichen.

»Doch, doch, ich interessiere mich sehr dafür«, beteuerte er. »Kann ich heute noch vorbeikommen?«

»Tja, ich weiß gar nicht, wo ich den Plunder hingeräumt habe ...«, sagte der Ladenbesitzer ausweichend. »Ich habe auch sehr wenig Zeit.« Im Hintergrund hörte man eine altmodische Türglocke scheppern. Offenbar war Kundschaft gekommen.

Momme war einen Moment ratlos. Der Mann durfte jetzt auf keinen Fall auflegen!

Schnell schoss Momme – geschickt verpackt – die entscheidende Frage ab.

»Ich würde auch selbst nach den Büchern suchen und es macht gar nichts, wenn sie beschädigt sind«, bot er an. »Ich meine, wenn sie Schimmelpilz haben oder von Tieren angefressen sind. Manchmal stecken ja Mäuse oder Ratten in so alten Bücherkisten. Wir hatten neulich eine ganz merkwürdige Ratte in unserer Leihbücherei, sie hat sogar eins der Bücher weggeschleppt. Ist Ihnen das auch schon mal passiert?«

Momme hörte, wie der Mann am anderen Ende nach Luft schnappte. Nach einigen Sekunden begann er zu lachen, eine Art Ziegenmeckern, das in einem Hustenanfall endete.

»Nein, was für ein hartnäckiger kleiner Bücherfreund«,

sagte der Ladenbesitzer, plötzlich sehr freundlich. »Und erstaunlich gut informiert. Darf ich fragen, wie du heißt?«

Momme nannte seinen Namen. Der Mann wiederholte ihn langsam, als schriebe er mit.

»Also gut, Momme Beer«, sagte er dann. »Ja, stell dir vor, ich kann dir tatsächlich etwas dazu erzählen. Bis neunzehn Uhr hat das *Kabinett Fantastika* heute geöffnet. Ich werde mich gerne höchstpersönlich um dich und deine Fragen kümmern. Bis dahin – auf Wiederhören.«

Ein Klicken in der Leitung zeigte, dass die Verbindung unterbrochen war.

Ein wenig benommen legte Momme das Telefon weg.

»Wow, ich glaube, das ist unser Mann!«, sagte er.

Tobias warf die Telefonliste und den Stadtplan in die Luft und führte auf Mommes Matratze einen kleinen Freudentanz auf. »Super, der erste richtige Hinweis! Unsere oberschlaue Finja wird Augen machen. Vielleicht haben wir heute Abend schon Lios Kumpel gefunden.«

Er sprang auf den Fußboden.

»Das Geschäft liegt in einer Seitenstraße vom Ringwall, in der Innenstadt. Hast du einen Busfahrplan?«

Momme erinnerte sich, dass seine Mutter einen in der Küche aufbewahrte, und holte ihn. Während Tobias die richtige Buslinie suchte, zog sich Momme mit einem mulmigen Gefühl seine Stiefel an. Irgendwie war das Gespräch eben ganz schön schwierig gewesen. Wie würde das erst im Laden werden?

»Hoffentlich sage ich nachher nichts Falsches«, überlegte Momme laut. »Sonst wirft mich der Mann vielleicht gleich wieder raus.«

Vom Regal herab räusperte sich jemand. Zusammen mit seinen zwei Freunden hatte das Lexikon gespannt Mommes Detektivarbeit verfolgt.

»Ich stehe dir selbstverständlich als Berater zur Verfügung«, näselte es jetzt.

»Genau, Alter«, rief der Comic neben ihm fröhlich. »Keine Panik, wir kommen mit! Wenn dich der Typ blöd anquatscht, dann mach ich – ZACK – WUMM!«

Das konnte Momme nun wirklich nicht gebrauchen: einen wild gewordenen Comic, der womöglich auf den Buchhändler losging!

Schnell lehnte er ab. Die Bücher antworteten gekränkt, sie seien zwar aus Pappe, aber keine Weicheier. Dem Bücherhüter zu helfen, war für sie eine Frage der Ehre! Wollte Momme sie etwa beleidigen?

Momme stöhnte und wünschte sich die Zeiten zurück, als in seinem Regal noch tiefe Stille geherrscht hatte.

»Nein, nein, so hab ich das nicht gemeint«, sagte er hilflos.

Sofort bedrängten ihn die drei weiter und Momme ärgerte sich über sich selbst. Es war schon schlimm genug, dass ihm seit Neuestem die nervige Finja Befehle erteilte. Jetzt konnte er sich nicht mal mehr gegen einen schlappen Stapel Papier durchsetzen!

Tobias hörte sich das Hin und Her eine Weile an.

»Nun pack sie endlich in den Rucksack, sonst verpassen wir noch den Bus«, sagte er. »Wir bringen die drei später zum Bücherhüter in die Hütte, wenn wir uns mit Finja treffen. Dann langweilt sich Lio dort nicht so.«

Lautes Jubelgeschrei tönte aus dem Regal. Momme gab auf. Er ermahnte die Bücher nur noch, auf keinen Fall unterwegs zu sprechen, und steckte sie zu Lios Essensvorräten dazu.

An diesem Tag war die neugierige Kati bei einer Freundin eingeladen. Mommes Mutter sortierte im Badezimmer Wäsche, als er sich abmeldete. »Nimm dein Handy mit!«, rief sie ihm hinterher. Als Polizistin dachte sie immer ganz besonders an Mommes Sicherheit.

»Okay, Mama«, sagte Momme und nahm das Telefon von der Flurkommode. Dann schleppte er seinen reichlich schweren Rucksack die Treppen hinunter.

Die nächste Haltestelle der Linie 24 befand sich drei Querstraßen weiter neben einem Kindergarten des Schusterviertels. Obwohl es erst früher Nachmittag war, fuhren die Autos schon mit Licht. Mit gesenktem Kopf gingen Tobias und Momme nebeneinanderher, ganz vertieft in ein Spiel, das auf Mommes Handy lief. Deshalb bemerkten sie zuerst den dünnen Jungen nicht, der ihnen auf der anderen Straßenseite folgte. An der nächsten Straßenecke bekam der Dünne Gesellschaft. Ein blonder Lockenkopf und ein Vermummter im schwarzen Kapuzenpulli schlossen sich ihm an. Ein paar Meter weiter stießen ein Skateboardfahrer und ein Dicker mit Totenkopfkappe dazu. Irgendwann hob Momme den Kopf, weil neben ihm ein Taxi hupte. Erschreckt sah er, wer ihnen da auf den Fersen war, und alarmierte Tobias.

»Verdammt, wo kommen die denn her?!«, fluchte Tobias und sprintete los.

Doch Wegrennen war sinnlos. An der nächsten großen Ampelkreuzung würden Momme und Tobias die Straße überqueren müssen, um zur Bushaltestelle zu gelangen. Sie liefen den *Desperados* genau in die Arme! Im letzten Moment sprang vor ihnen die Ampel auf Rot.

Beide Parteien musterten sich über die Straße hinweg wie Krieger vor einer Schlacht.

Big Mäx fiel sofort Mommes praller Rucksack auf. Sein Späher Benny hatte ihm merkwürdige Dinge berichtet. Dass Momme Bücher las, fand Big Mäx schon verrückt genug, aber warum hatte er neulich Abend vor Hestermanns Hütte eine Zeitschrift vergraben? Irgendetwas Seltsames geschah dort und diesmal würde ihm der kleine Scheißer Antworten liefern, schwor sich Big Mäx.

Grimmig starrte er über die Straße hinweg auf Mommes bleiches Gesicht. Als Momme zurückstarrte, fuhr sich Big Mäx mit der Handkante quer über den Hals. Du bist erledigt, hieß das.

Momme fühlte, wie eine wohlbekannte Angst in ihm hochkroch. In diesem Moment hielt drüben vor dem Kindergarten die Linie 24 an der Haltebucht.

»Oh, Mist!«, sagte Tobias mit zusammengebissenen Zähnen. »Das schaffen wir nie!«

Eine junge Mutter hielt atemlos mit einem Zwillingsbuggy an der Ampel.

»Ja, den erwische ich wohl auch nicht mehr«, seufzte sie. Momme drehte sich um. Die Frau hielt ein weinendes Mädchen an der Hand. Mit der anderen lenkte sie mühsam den Kinderwagen, in dem das zweite Kind neben vollen Tüten schlief. Momme schaute auf die große Windelpackung im Wagen. Plötzlich wusste er, wie er den

Desperados entkommen würde. Aufgeregt flüsterte er Tobias etwas zu.

»Wir helfen Ihnen«, sagte er zu der Frau, als die Ampel grünes Licht zeigte. Tobias schnappte sich die Windeln, während Momme den Kinderwagen über die Straße schob. Die Frau stutzte kurz, lief jedoch dann mit ihrem Kind nebenher. Zu dritt rannten sie mitten durch die *Desperados* hindurch, die ihnen überrascht Platz machten, und weiter zur wartenden Linie 24.

So schnell es ging, wuchteten sie den Kinderwagen in den Bus.

»Ihr zwei seid wirklich super«, sagte die Frau dankbar.

Der Trick hatte die *Desperados* jedoch nur kurz verwirrt. Keuchend schoss die Meute auf den mittleren Buseinstieg zu.

»Was für eine gute Pfadfindertat, Bärchen«, lästerte Big Mäx, der als Letzter hinter seinen Leuten hertrampelte. Wozu sich anstrengen? Gleich würde sein Opfer doch wieder aussteigen müssen!

Momme sagte nichts, zählte nur stumm die Sekunden.

Endlich schlossen sich mit einem schnaufenden Zischen die Türen. Zügig fädelte sich der Bus in den laufenden Verkehr ein.

»Bye-bye, Bulette!«

Tobias winkte den *Desperados* zu, die wütend ein Stück hinterherliefen und an die Bustür hämmerten. Begeistert boxte er Momme auf die Schulter.

»Hey, das war echt intelligent! Vielleicht gibt er jetzt endlich auf.«

Momme schüttelte den Kopf und entwertete die Fahrscheine. Er hatte Big Mäx' Blick gesehen: Dieser kleine Sieg hatte alles noch viel schlimmer gemacht.

Nach einer Viertelstunde Fahrt stiegen Tobias und Momme an der Hauptpost aus und liefen weiter zum Ringwall, einer breiten Ladenstraße in der Fußgängerzone. Gerade war dort ein modernes Einkaufszentrum eröffnet worden und die beiden Jungen mussten sich durch die Schnäppchen suchende Menge drängen. Tobias, der noch immer den Triumph über die *Desperados* auskostete, quasselte die ganze Zeit fröhlich vor sich hin. Momme dagegen antwortete nur einsilbig und achtete kaum auf den Weg. Ihm war kalt und ein bisschen übel, außerdem legte er sich in Gedanken schon ein paar Sätze für das bevorstehende Treffen zurecht. Ein paarmal stieß er im Gewühl mit entgegenkommenden Leuten zusammen.

»Stopp, hier geht's rein, du Blindfisch!«, sagte Tobias

vor einem Handyladen. Er zog Momme in eine stillere Seitenstraße. Nach zehn Metern hielt er an.

»Da wären wir.«

Kabinett Fantastika stand auf dem glänzenden Messingschild, das über ihren Köpfen an einer gepflegten Altstadtfassade hing.

Das Trödelgeschäft sah überhaupt nicht so aus, wie Momme es sich vorgestellt hatte. Erstaunt betrachtete er das sorgfältig dekorierte Schaufenster mit den schweren Vorhängen und der raffinierten Beleuchtung. Wie auf einer Bühne lagen darin mehrere alte Bücher auf schwarzem Samt verteilt: dicke Wälzer mit seltsamen, bunten Bildern und Zeichnungen, aber auch ganz unscheinbare, abgegriffene Bände. Auf kleinen Pappschildern waren jeweils der Buchtitel und der Preis notiert. Momme bemerkte verwundert, dass es sich zum großen Teil um Gruselgeschichten handelte.

»Wahnsinn, guck mal da.«

Tobias zeigte auf ein vergilbtes Buch in der Mitte. »*Dracula* kostet 230 Euro! Und *Frankenstein* darunter sogar 350 Euro, obwohl das Buch einen Fleck auf dem Einband hat! Welcher Idiot gibt denn für benutzte Bücher so viel Geld aus?«

»Na, Sammler natürlich«, sagte Momme, dessen Vater

sich für antike Münzen interessierte. »Je älter und seltener so ein Buch ist, desto teurer ist es.«

Das wollte Tobias nicht glauben. Kopfschüttelnd öffnete er die Ladentür. Das blecherne Glockengerassel erklang, das Momme schon am Telefon gehört hatte.

Beim Anblick des Ladeninnern vergaß Tobias die Tür zu schließen. Der Raum war vollständig mit Regalen zugestellt, Bücher, wohin man nur schaute. Auf dem breiten Verkaufstresen mit einer altmodischen Kasse stapelten sich neben Computer und Telefon Zeitschriften und Kataloge zu hohen Türmen. Von der Decke hingen alte Land- und Seekarten.

Und dann die Farbgestaltung. Bis auf die Bücher selbst war alles schwarz: die Regale, die Decke, sogar der Teppichfußboden. Das Merkwürdigste stand jedoch mitten im Raum, eine Art Kunstwerk: Auf einer hohen schwarzen Holzsäule lag ein weißer Totenschädel!

Momme schluckte. War der etwa echt?

»Mann, wie sieht wohl der Besitzer aus?«, sagte Tobias und drückte vorsichtig die Tür zu.

Meckerndes Gelächter ließ Momme zusammenzucken. Ein Kopf mit einem wirren grauen Haarkranz erschien über den Zeitschriftenstapeln. Ein kleiner, schwarz gekleideter Mann trat ihnen entgegen. Sein bleiches Gesicht war das einzig Helle an seiner Gestalt, hinter runden Brillengläsern blinzelten müde Maulwurfsaugen. Er wirkte wie ein netter, etwas bekümmerter Pastor.

»Ich heiße Dr. Zelander«, stellte der Mann sich vor. »Lasst mich raten: Einer von euch ist Momme Beer.«

Er lächelte, sein Blick wanderte gespannt zwischen den beiden Jungen hin und her.

Momme machte einen Schritt nach vorn.

»Ich hatte angerufen, wegen der Bücher von Herrn Cantimpre.«

Dr. Zelander schien Mommes Nervosität nicht zu bemerken.

»So, so, du bist also auch ein Liebhaber von Spuk, Grusel und Horror«, sagte er mit verschwörerischer Miene. »Ich fürchte, du wirst enttäuscht sein. Ich habe aus reinem Mitleid eine dieser Kisten übernommen. Es bricht mir einfach das Herz, wenn ich sehe, wie Bücher im Müll landen. Heutzutage weiß ja niemand mehr das gedruckte Wort zu würdigen.«

Dr. Zelander seufzte bekümmert und strich liebevoll über einen dicken, in Leder gebundenen Bildband auf dem Tresen. Momme sah, dass er an der linken Hand einen frischen Verband trug. An der anderen steckte ein goldener Ring mit einem Drachenkopf.

Plötzlich hob Dr. Zelander den Kopf und fasste Momme scharf ins Auge.

»Früher wurden Bücher noch anders behandelt«, sagte er mit besonderer Betonung. »Es gab wunderbare Bibliotheken, wahre Schatzkammern seltenen Geheimwissens, die gehegt und gepflegt wurden. Und damit zu deiner Frage: Du hast mir am Telefon von dieser Ratte berichtet. Das hat mich sofort an etwas erinnert. Vor vielen Jahren erzählte mir ein alter Kollege in Amsterdam bei einer Versteigerung eine unglaubliche Geschichte. Hast du je von den Bücherhütern gehört?«

Mommes Herz machte einen Aussetzer. Tobias zerrte an seinem Werder-Bremen-Schal, als würde der ihn erwürgen. »Bücherhüter?«, sagte Momme nach ein paar Sekunden heiser. So gut es ging, versuchte er seine Überraschung zu verbergen. »Was ... soll das denn sein?«

Dr. Zelander ließ ihn nicht aus den Augen.

»Etwas, das einer alten Legende nach noch in einigen Bibliotheken leben soll«, sagte er langsam. »Ein Tier mit außergewöhnlichen Fähigkeiten. Mein Kollege verriet mir, dass angeblich sogar ein Buch über dieses Wesen verfasst wurde, eine Art Lebensgeschichte der Bücherhüter.«

Dr. Zelander lachte meckernd. Momme wurde unter

seiner dicken Winterjacke furchtbar heiß. Tobias neben ihm wickelte wie ein Roboter immer wieder das Ende seines Schals um die Hand. Die kleinen Maulwurfsaugen des Buchhändlers huschten einen Moment hinüber zu Tobias' unruhigen Händen. Schließlich hefteten sie sich wieder auf Mommes Gesicht.

»Niemand hat dieses Exemplar allerdings bisher je gesehen«, fuhr Dr. Zelander fort. »Obwohl nicht wenige Sammler ernsthaft danach gesucht haben. Nun ja, vermutlich ist das Buch genauso eine Erfindung fantasievoller Buchhändler wie diese nette Bücherhüter-Legende selbst. Die Ratte in deiner Leihbücherei war ja sicher ein ganz normales Nagetier, nicht wahr?«

Mommes Gedanken wirbelten durcheinander. Sollte er ehrlich antworten? Der Buchhändler war der Erste, der ihnen in diesem komplizierten Fall vielleicht weiterhelfen konnte. Nein, beschloss Momme, er durfte Lio nicht verraten. Mechanisch antwortete er irgendetwas Harmloses, das Dr. Zelander hoffentlich ablenkte. Doch während er von Hausmeistern und Mausefallen plapperte, fiel ihm etwas ein. Das Buch, von dem der Mann gesprochen hatte, konnte das der Band sein, den Lio seit der Halloween-Lesung immer mit sich herumtrug und wie einen Schatz bewachte?

Tobias schien genau das Gleiche zu denken wie Momme. Er war sogar schon einen Schritt weiter.

»Wenn es das Buch über die Bücherhüter gibt«, unterbrach er Dr. Zelander mitten im Satz, »wie viel wäre es dann wert?«

Der Buchhändler schwankte, als habe er einen Schlag erhalten. Ein schrecklicher Hustenanfall schüttelte ihn, Halt suchend tastete er nach dem Tresenrand.

»Fast unbezahlbar«, flüsterte er gepresst. »Glaub mir, mein Junge, für dieses Buch würden manche Sammler *töten.*«

Er betupfte sich mit einem karierten Taschentuch den Mund.

»Nicht, dass mich das auch nur im Geringsten interessiert«, sagte er, als er wieder zu Atem gekommen war. Fröhlich zwinkerte er Momme zu. »Ich hänge nicht an Besitz. Aber ich gebe zu, ich hätte gern einen dieser kleinen fleißigen Bücherhüter in meinem Lager, dann wäre es hier ordentlicher und nicht mehr so einsam. Nun kommt, wir wollen schnell nach Cantimpres Kiste schauen.«

Dr. Zelander zeigte hinter sich. Erst jetzt entdeckte Momme den schmalen Durchgang in der Wand hinter dem Tresen.

»Bitte nichts anfassen!«, sagte der Buchhändler, bevor

er in dem schwarzen Loch verschwand. Momme legte schnell seinen sperrigen Rucksack ab und lief mit Tobias hinterher. Der alte Mann führte sie durch einen langen Gang, vorbei an weiteren endlosen Regalen und zwei winzigen, vollgestopften Büroräumen. Am Ende hielt er vor einer halbrunden schwarzen Holztür mit schweren Beschlägen. Sie war in die unverputzte Rückwand des Hauses eingelassen und führte in ein zweites, daran anschließendes Gebäude.

»Sieht aus wie eine Kerkertür«, stellte Tobias erstaunt fest.

»Stimmt auch, dies war einmal Teil des Stadtgefängnisses«, erklärte der Buchhändler.

Er steckte einen großen, verschnörkelten Schlüssel ins Schloss, den er an einer langen Kette um den Hals trug, und drehte ihn.

Knarrend öffnete sich die Tür und alle drei traten ein. Momme sah sich um. Sie befanden sich in einer Art Gewölbe, gefüllt mit ungeöffneten Bücherkisten. Durch winzige, schlitzartige Fenster weit oben an den weiß gekalkten Mauern fiel spärliches Tageslicht. Die einzigen Möbelstücke im Raum waren ein grober Holztisch und zwei ebensolche Stühle.

Dr. Zelander schaltete eine Wandlampe an.

»So, viel Spaß beim Stöbern«, sagte er mit einer einladenden Handbewegung zu Momme. »Wie ich schon sagte, ich kann dir leider nicht dabei helfen. Wenn du die Kiste gefunden hast, sag Bescheid.«

Mit einem leisen Husten verschwand er.

Kaum war der alte Mann außer Hörweite, packte Tobias Momme am Arm.

»Das ist der Hammer«, stieß er hervor. »Die Suche nach Lios Kumpel können wir uns also sparen, denn wie wir jetzt wissen, hätte Dr. Zelander einen Bücherhüter hier in seinem Lager mit Sicherheit sofort erkannt. Aber dieses Buch, von dem er redet, meinst du, das ist ...?«

»Nicht so laut!« Momme wies zur offenen Tür. »Ja, ich glaub schon.«

Tobias sackte überwältigt auf einen Stuhl.

»Wenn das stimmt, liegen in unserem Hauptquartier gerade zigtausend Euro unter einem müffelnden Kissen!«

Momme rieb sich die Nase. »Ich weiß. Nicht gerade der sicherste Platz dafür.«

Tobias betrachtete nachdenklich die dicken Gefängnismauern. »Hier wäre das Buch besser aufgehoben. Lio übrigens auch.«

Es war so still im Raum, dass man das Knacken der

Heizkörper hören konnte. Trotzdem zog ein kühler Luftzug durch den Raum und es roch ein bisschen nach Schimmel.

»Ja, vielleicht«, erwiderte Momme zögernd. »Findest du, wir sollten Dr. Zelander einweihen?«

Noch ehe Tobias antworten konnte, hörte man plötzlich aufgebrachte Stimmen vom Gang her. Gleichzeitig klingelte Mommes Handy.

Finja meldete sich, so aufgeregt, dass ihre schrille Piepsstimme sich überschlug. »Achtung, Leute: Das gesuchte Individuum befindet sich in der Altstadtbücherei am Paradiesgarten-Park! Es gibt Schwierigkeiten beim Zugriff. Ich brauche sofort Verstärkung.«

Es dauerte etwas, bis Momme Finjas komplizierte Polizeisprache übersetzt hatte. Dann verstand er: Sie hatte den zweiten Bücherhüter gefunden, konnte ihn allein aber nicht einfangen!

Sofort gab Momme die sensationelle Nachricht an Tobias weiter. Der guckte ungläubig und klappte den Stadtplan auf.

»Wir sind ganz in der Nähe«, stellte er bald fest.

Momme presste das Handy ans Ohr. »Finja? Wir sind in einer Viertelstunde da. Super Einsatz von dir. IQ-Team Ende.« Er drückte die Aus-Taste. »Wahnsinn. Ich möchte gern wissen, wie sie das geschafft hat.«

Tobias brummelte etwas von zufälligem Anfängerglück und schlang seinen Schal um den Hals.

»Was sagen wir jetzt Dr. Zelander?«, fragte er, während sie das Gewölbe durch die Gefängnistür verließen.

»Mir wird schon was einfallen«, erwiderte Momme. Mit schnellen Schritten eilten sie durch den Gang. Je näher sie dem Verkaufsraum kamen, desto lauter wurde der Lärm.

»Das glaube ich Ihnen nicht. Sie *wollen* mir die Bücher nicht geben!«, sagte eine zornige Männerstimme gerade.

Der Buchhändler schien einen schwierigen Kunden zu haben.

Passt ganz gut, dann muss ich nicht so viel erklären, dachte Momme, als er durch den schmalen Durchgang in den Verkaufsraum platzte. Er bückte sich und griff nach seinem Rucksack, der noch neben dem Türrahmen stand. Doch der Abschiedsgruß blieb ihm im Halse stecken: Vor ihm stand der Besitzer von Cantimpres Villa, der hinkende Mann mit den Killerhunden.

Momme erkannte ihn sofort wieder, obwohl er diesmal einen langen schwarzen Wollmantel trug. Sein hageres Gesicht war vor Wut gerötet, die geballten Fäuste hatte er drohend auf den Tresen gestützt, hinter den sich der Buchhändler geflüchtet hatte.

Der Mann schien sich ebenfalls an sie zu erinnern, denn er richtete sich überrascht auf.

»Ihr«, sagte er grimmig. »Steckt ihr etwa mit diesem Verbrecher unter einer Decke?«

»Also ... also wirklich«, protestierte der alte Buchhändler schwach. »Beleidigen Sie doch bitte meine Kunden nicht.«

Der große Mann schnaubte höhnisch und hinkte auf Momme zu.

»Seltsame Kunden«, sagte er mit seiner scharfen, kalten Stimme. »Kunden, die gewisse Dinge für Sie aus fremden Häusern holen und dann unauffällig in Ihr Lager bringen, was, Zelander?«

Er riss Momme den Rucksack aus der Hand und zerrte die beiden Bücher und den Comic heraus.

»He, lassen Sie das«, rief Tobias entrüstet.

»Geben Sie mir meinen Rucksack wieder!«, verlangte Momme gleichzeitig, der befürchtete, dass die drei ihre Tarnung vergaßen.

Dr. Zelander wurde noch blasser, als eigentlich möglich war.

»Aufhören«, jammerte er hinter seiner Kasse. »Sie sind ja wahnsinnig! Verlassen Sie sofort mein Geschäft!«

Der Mann überflog die Titel, dann ließ er die Bücher

achtlos auf den Tresen fallen und wandte sich wieder Dr. Zelander zu.

»Wo sind sie?«, sagte er mit gefährlich leiser Stimme. »Ich will sie haben!«

Er fegte mit einer Armbewegung zwei Zeitschriftenstapel zu Boden, beugte sich vor und packte den kleinen Buchhändler am Kragen. Es sah aus, als würde er ihn im nächsten Moment in die Luft heben und über den Tresen schleudern. Tobias keuchte vor Schreck, unauffällig begann er sich Richtung Ausgang zu bewegen.

Momme zog sein Handy hervor. Mit eiskalten Fingern suchte er die Notfalltaste, die automatisch die Nummer seiner Mutter wählte.

»Wenn Sie Herrn Zelander nicht in Ruhe lassen, rufe ich meine Mutter an, die ist Polizistin.«

Er hörte selbst, wie sehr seine Stimme zitterte.

Der Mann drehte sich um. Mit flackerndem Blick starrte er auf das Telefon, das Momme in die Luft hielt. Langsam trat er einen Schritt vor.

Jetzt bin ich dran!, dachte Momme entsetzt. Mit aller Kraft drückte er auf die Taste. In diesem Augenblick stieß der Mann einen Seufzer aus und wischte sich mit einer müden Handbewegung über das Gesicht.

»Das ist es nicht wert, nein, das ist es nicht wert«,

murmelte er. Schleppend hinkte er zu der altmodischen, gläsernen Ladentür, riss sie auf, dass die Glocke wie wild schepperte, und schmetterte sie hinter sich ins Schloss.

Auf der Stelle unterbrach Momme den Anruf und lief mit Tobias hinter den Tresen, wo der Buchhändler nach Luft ringend an einem Regal lehnte. Beide griffen dem alten Mann unter die Arme.

»Alles in Ordnung, alles in Ordnung«, stammelte Tobias, wie um sich selbst zu beruhigen. »Was wollte der von Ihnen?«

Dr. Zelander presste sein Taschentuch vor den Mund.

»Vielen Dank für eure Hilfe«, keuchte er. »Ich bedaure sehr, dass ihr das erleben musstet. Dieser Mann ist ein Besessener. Er sammelt Hexenbücher, Abhandlungen über Alchemie, schwarze Magie usw. Ich besorge ihm alles, was es zu diesem Thema gibt. Trotzdem denkt er aus irgendeinem Grund, dass ich ihn betrüge.«

»Wieso das denn?«, fragte Tobias. Langsam führte er Dr. Zelander zu einem kleinen Hocker neben dem Tresen.

Der Buchhändler setzte sich und vergrub das Gesicht in den Händen. »Wenn ich das wüsste! Vielleicht, weil er all die gruseligen Dinge glaubt, die in diesen Büchern stehen. Er hasst Menschen. Seit Jahren lebt er mit vier oder fünf gefährlichen Bluthunden zusammen. Wenn sie sterben, stopft er sie aus und stellt sie in sein Wohnzimmer.«

Dr. Zelander schauderte und hob den Kopf. »Aber woher kennt er euch?«

Momme sammelte bereits die am Boden verstreuten Zeitschriften auf.

»Cantimpres Haus«, erklärte er. »Wir haben ihn zufällig dort getroffen.« Und was für ein Wahnsinnsglück, dass dieser Irre sie damals nur im Garten erwischt hatte, dachte er für sich.

Dr. Zelander, eben noch ein schlaffes Bündel, sprang auf. Mit erstaunlicher Kraft packte er Mommes Hand. »Ihr wart in Cantimpres Villa?«

Momme warf Tobias einen fragenden Blick zu. Der nickte zustimmend.

»Ja«, antwortete Momme ein wenig unsicher. Die fremde Haut fühlte sich unangenehm an. »Wir ... wollten Ihnen noch etwas erzählen.«

Dr. Zelanders faltige Hand umklammerte Mommes Finger etwas fester. Sein wächsernes Gesicht war nur Zentimeter entfernt, sodass Momme die Staubkörner auf den runden Brillengläsern zählen konnte.

In diesem Moment meldete das Handy mit schrillem Piepsen eine SMS.

Tobias warf die letzten Zeitschriften auf den Tresen. »Mensch, Momme, wir haben Finja vergessen! Los, Abflug!«

Er stopfte Mommes misshandelte Bücher in den Rucksack und war in drei Sätzen an der Tür.

Momme entzog Dr. Zelander mit einem Ruck seine Hand.

»Tut mir leid«, rief er über die Schulter, während er Tobias folgte. »Wir kommen morgen wieder.«

»Wartet!«

Mit verzerrtem Gesicht lief der alte Buchhändler Momme hinterher. Draußen vor seinem Schaufenster prallte er jedoch so heftig mit zwei Frauen zusammen, dass die eine ihre Einkaufstüte fallen ließ und er selbst halb zu Boden ging.

Als er sich aufgerappelt hatte, war von Momme und Tobias nichts mehr zu sehen.

Die beiden Freunde rannten längst im Eiltempo durch die Fußgängerzone. Die Altstadtbücherei, die Finja ihnen genannt hatte, lag tatsächlich nicht weit entfernt am Rand eines beliebten Stadtparks. Sie war in einer ehemaligen Fabrik untergebracht und dank eines noblen Spenders die am besten ausgestattete Leihbücherei von Schwuppstädt. Man erreichte sie über einen hübschen, gepflasterten Platz, auf dem selbst jetzt, im November, noch die Tische und Stühle einiger Straßencafés standen. Tobias, dem schon lange der Magen knurrte, hielt vor einer Glasvitrine und betrachtete sehnsüchtig die belegten Brötchen. Aber Momme scheuchte ihn erbarmungslos weiter zum Eingang.

Innen war die Altstadtbücherei trotz der späten Uhrzeit gut besucht. Der großzügige Empfangsbereich mit einer Sitzgruppe und der geschwungenen Theke erinnerte an eine Hotelhalle. Ein Hotel mit erstaunlich unzufriedenen Gästen, wie Momme rasch merkte. Eine Gruppe Mütter mit kleinen Kindern schnatterte aufgeregt durcheinander und mehrere Leute vor dem Rückgabeschalter waren ernsthaft verärgert.

»Hören Sie, mit diesen Büchern stimmt etwas nicht!«, sagte eine junge Frau zu einer der Büchereiangestellten. Sie legte zwei Bände auf die Theke. »Unser Kai-Frederik hatte nach dem Lesen drei Tage furchtbare Albträume!«

Andere Eltern hatten Ähnliches erlebt.

»Oh – oh, ich glaube, die haben hier ein paar von Cantimpres gefährlichen Büchern erwischt«, sagte Tobias zu Momme. Er steuerte auf die Sitzgruppe zu. »Wo steckt denn Finja?«

Ein glatzköpfiger Mann im modischen Anzug hastete an ihnen vorbei. Während er energisch Anweisungen in sein Handy bellte, führte er zwei mit Werkzeug und Leitern bewaffnete Männer in grauen Kitteln und eine kleine Putzfrauenkolonne die Treppe in den ersten Stock hinauf.

Aus einem tiefen Ledersessel sprang ein Mädchen auf.

»Da seid ihr ja endlich«, sagte Finja ungeduldig. »Hier ist seit einer halben Stunde die Hölle los. Hängt euer Zeug in die Garderobe, das *Objekt* ist bei den Kinderbüchern im ersten Stock!«

Ohne sich weiter um die beiden Jungen zu kümmern, stürmte sie die Stufen hinauf. Als Momme und Tobias sie kurze Zeit später oben einholten, trauten sie ihren Augen nicht. In der Abteilung sah es aus, als habe dort ein Hurrikan getobt. Eines der langen Metallregale direkt an der Treppe war umgestürzt und hatte seinen Inhalt auf dem Boden verteilt. Der Knall musste alle kleinen Besucher furchtbar erschreckt haben: Mehrere bunte Kinderstühlchen reckten ihre Beine zum Himmel und das sonnengelbe Zeltdach der liebevoll eingerichteten Lese-ecke hing schlaff über umgekippten Bilderbuchkisten. Heruntergefallene Kekspackungen und halb ausgelaufene Saftflaschen bedeckten Sitzpolster und Boden. Ein junger Mann mit seinem erkälteten Sohn an seiner Seite redete wütend auf den glatzköpfigen Herrn im Anzug ein. Der Anzugträger war offenbar der Leiter der Bücherei. Momme hörte deutlich die Begriffe »Lebensgefahr« und »Rechtsanwalt«.

Tobias tippte Finja auf die Schulter. »Wo ist *er*?«

»Irgendwo in dem Gang mit den Sachbüchern«, flüsterte Finja. Sie zeigte in die hintere linke Lesesaalecke. »Eine Angestellte hatte mir am Telefon erzählt, dass die Überwachungskameras in diesem Raum gestern ein ›nagerähnliches Tier‹ aufgenommen haben. Also bin ich sofort hergefahren.«

Sie beäugte böse den Jungen, der kräftig in sein Taschentuch schnaubte. »Die Schniefnase da drüben hat den Bücherhüter leider vor mir entdeckt und mit seinem Vater ein furchtbares Chaos angerichtet. Warum habt ihr auch so getrödelt?«

Das war wieder mal typisch Finja, dachte Momme genervt. Da hatten Tobias und er gerade eben erfolgreich das Beinaheattentat eines verrückten Sammlers verhindert und nebenbei ein neues Zuhause für Lio gefunden, und sie meckerte nur herum!

Er öffnete den Mund, um ihr endlich einmal die Meinung zu sagen, doch das erledigte Tobias schon für ihn.

Sichtlich beeindruckt hörte Finja zu, was Tobias über Dr. Zelanders erstaunliche Informationen und den gefährlichen Zwischenfall im *Kabinett Fantastika* berichtete.

»Cool«, sagte sie, als Tobias von Mommes Handytrick erzählte. Sie streifte Momme mit einem bewundernden Blick. »Ich wusste gar nicht, dass deine Mutter Polizistin ist. Darüber musst du mir unbedingt mehr erzählen.«

In diesem Augenblick begannen die Haustechniker vorne im Saal, das kaputte Regal auseinanderzuschrauben.

Momme winkte Finja und Tobias in den Mittelgang.

»Okay, lasst uns das *Objekt* einfangen, ehe es die anderen tun. Aber unauffällig, klar?«

»Logisch.« Finja ließ eine rosa Kaugummiblase zerplatzen. Tobias verdrehte die Augen und jammerte über seinen knurrenden Magen. Möglichst harmlos schlenderten die drei ans Ende des Lesesaals zur Sachbuchabteilung. Am viertletzten Regal links blieb Finja stehen.

»Hier ist er reingelaufen«, sagte sie.

Momme trat als Erster in den Gang hinein. Rechts und links von ihm sah er nichts als sauber geordnete Buchreihen: Wissen und Technik, Natur und Umwelt. Bekannte Buchtitel tauchten auf: *Die große Welt der Saurier, Donner, Blitz und Sonnenschein – unser Wetter*, das hatte er zu Hause auch. Alles wirkte ganz normal.

Plötzlich stutzte Momme. Zwischen den modernen bunten Einbänden im oberen Regalbrett stach ein altmodischer samtschwarzer Buchrücken hervor, der überhaupt nicht dorthin passte. Ein kaum sichtbares C war in den Einband geprägt. C wie Cantimpre?

Mit Handzeichen machte Momme die beiden anderen darauf aufmerksam.

Langsam zog er den Band heraus. Er fühlte sich seltsam warm an, beinahe lebendig, und schnell legte er ihn beiseite.

»Bingo!«, murmelte Tobias, der ihm gespannt über die Schulter sah.

Zwei gelbe Augen glühten in der Lücke dahinter auf, eine spitze Schnauze öffnete sich mit einem giftigen Zischen. Da saß er, der zweite Bücherhüter!

Momme beugte sich vor. Das Tier war deutlich dicker als Lio und schien verrückt vor Angst zu sein. Es klapperte sogar mit den Zähnen.

Tobias breitete die Arme aus. »Bei drei schnappen wir ihn uns: eins – zwei – …«

»Bist du verrückt?!« Finja schubste Tobias aus dem Weg. »Hab keine Angst, wir tun dir nichts«, sagte sie schmeichelnd zu dem völlig verängstigten Tier. »Wir wissen, wer du bist. Wir wollen dir …«

Wie ein abgefeuertes Geschoss sprang der Bücherhüter über ihre Köpfe hinweg. Alle drei duckten sich mit einem Schrei und drehten sich um. Das Tier war mit knapper Not auf dem gegenüberstehenden Regal gelandet. Sein Hinterteil mit dem Quastenschwanz hing noch über die Kante. Mühsam mit den Hinterpfoten strampelnd, kämpfte es sich nach oben und verschwand auf der anderen Seite.

Tobias schlug mit der geballten Faust in seine Hand. »Verdammt, so wird das nichts! Der ist total verstört und noch misstrauischer als Lio.«

Eine Büchereiangestellte schob einen voll beladenen Rollwagen durch den Mittelgang. »Diese Abteilung wird in wenigen Minuten geschlossen«, verkündete sie, bevor sie ihren Wagen weiterschob.

Finja klammerte sich verzweifelt an Mommes Arm. »Was machen wir jetzt? So eine Chance kriegen wir nie wieder!«

Momme biss sich auf die Lippen. Wie dumm von ihm. Daran hätte er natürlich vorher denken müssen, dass der Bücherhüter keinem Menschen vertrauen würde. Es gab nur eine Möglichkeit, ihn zu überzeugen: mit einem Undercoveragenten aus Papier!

Tobias fand, dass Mommes Fantasie jetzt eindeutig mit ihm durchgegangen war.

»Du willst deine Bücher hier einschmuggeln?«, fragte er entgeistert, nachdem Momme in einer stillen Ecke seinen Plan vorgebracht hatte.

Momme verstand Tobias' Bedenken nicht.

»Ja, die können dem Bücherhüter doch am besten beweisen, dass wir es ehrlich meinen«, sagte er. »Wenn er heute Nacht aus seinem Versteck kommt, werden sie ihm alles erklären. Sie vereinbaren einen Treffpunkt und morgen Nachmittag holen wir die vier dann zusammen wieder ab.«

Tobias stöhnte. »Wir sind hier doch nicht im Kino. Ehrlich, Momme, das klappt doch nie!«

Auch Finja, die auf einem Computertisch saß und mit den Beinen baumelte, betrachtete Momme mit schief gelegtem Kopf. Momme wurde unsicher. Vielleicht war er wirklich ein Spinner. Vielleicht hatte diese ganze unglaubliche Bücherhütergeschichte inzwischen sein Gehirn durcheinandergebracht?

»Ich finde die Idee genial, könnte von mir sein«, sagte Finja da überraschend. »Außerdem haben wir kaum eine andere Wahl, oder fällt dir was Besseres ein?«

Sie pikste Tobias mit ihrem schwarz lackierten Zeigefinger in den Bauch.

»Na also«, sagte sie zufrieden, nachdem Tobias nur nilpferdartige Grunzlaute von sich gab. Schwungvoll rutschte sie von der Tischkante herunter. »Dann bringen wir die Geheimagenten mal an ihren neuen Arbeitsplatz.«

Auf dem Weg in die Halle bemerkten sie, dass sich das Gebäude mittlerweile deutlich geleert hatte. Auch in der Garderobe hingen nur noch einige Jacken und Mäntel. Das war auch gut so, denn so beobachtete niemand das merkwürdige Gespräch, das Momme mit dem Inhalt seines Rucksacks führte. Er hatte befürchtet, seine Bücher erst umständlich überreden zu müssen. Schließlich war das, was er von ihnen verlangte, ziemlich ungewöhnlich. Doch die drei waren von ihrer Aufgabe begeistert.

Der Ausflug ins *Kabinett Fantastika* hatte eindeutig ihre Abenteuerlust geweckt, trotz der ruppigen Behandlung durch den verrückten Sammler. Der Comic glaubte felsenfest, er allein habe den Mann in die Flucht geschlagen. Das Lexikon dagegen war besonders von Dr. Zelander beeindruckt.

»Das ist ein wahrer Bücherfreund, so etwas spüre ich sofort«, schwärmte es. »Ich hätte mich gern ein bisschen mit ihm über karolingische Minuskeln unterhalten.«

»Ja, ja, reden kannst du diese Nacht noch genug«, sagte Momme kurz angebunden und versteckte das Lexikon unter seinem dicken Pullover. Tobias und Finja machten es mit den beiden anderen genauso. Zu dritt liefen sie noch einmal in den ersten Stock zurück. Dort hatten die Haustechniker währenddessen ein rot-weißes Absperrband um das Regal gezogen. Die Frau mit dem Rollwagen, die die heruntergefallenen Bände zu Stapeln ordnete, stellte sich ihnen in den Weg.

»Wo wollt ihr denn noch hin?«

Momme spürte, wie das Lexikon in seinem schlabbernden Hosenbund langsam Richtung linkes Hosenbein rutschte. Unwillkürlich presste er seine Hand darauf, um es festzuhalten.

Die Frau hielt das für einen Magenkrampf.

»Geht es dir nicht gut?«, fragte sie.

Das war das richtige Stichwort für Finja.

»Ja, er braucht unbedingt seine Tabletten, deshalb sind wir ja hier. Er hat sie irgendwo da hinten an einem Computertisch liegen gelassen«, behauptete sie frech.

Die Frau trat sofort zur Seite.

»Oh, natürlich, dann holt sie euch schnell«, sagte sie. »Aber kommt bitte gleich wieder.«

Momme nickte mit leidendem Gesichtsausdruck und Finja bedankte sich überschwänglich, ehe sie den angeblichen Kranken ein wenig langsamer durch den Mittelgang zu den Sachbüchern geleitete.

Fast am Ende bogen alle drei nach links in den Seitengang ab, in dem sie vorhin den zweiten Bücherhüter aufgespürt hatten. Es war kein Mensch in der Nähe.

»Hey, du kannst jetzt wieder normal gucken«, sagte Tobias grinsend.

Aufatmend zog Momme das Lexikon unter seinem Pullover hervor. »Okay, es wird ernst. Operation Undercover beginnt ... jetzt!«, sagte er und stellte es zwischen zwei andere dicke Nachschlagewerke ins Regal.

Tobias machte es mit dem Piratenschmöker genauso. Nur Finja wusste nicht recht, wohin mit dem Comic. Endlich fand sie auf dem untersten Regalbrett noch Platz neben einem Bastelbuch: *Schöne Dinge aus Papier gestalten*, lautete der Titel.

»Ey, das ist doch voll langweilig«, beklagte sich der Comic. »Kannst du mich nicht woanders hinstellen? Wie wär's mit dem Thema Flugzeuge?«

Finja schüttelte kichernd den Kopf.

»Vielleicht lernst du ja heute Nacht, wie man einen hübschen Papierflieger faltet.« Sie schob den Comic behutsam hinter eine Buchstütze. »Viel Erfolg und pass auf dich auf.«

Sie lief zu den beiden Jungen, die schon im Mittelgang auf sie warteten. Unbehelligt erreichten sie das Erdgeschoss und holten ihre Jacken und Mommes Rucksack aus der Garderobe.

»So, das wäre erledigt«, sagte Tobias, während sie zum Ausgang gingen. »Jetzt müssen wir nur noch Lio überzeugen, dass er mit seinem Kumpel bei Dr. Zelander einzieht. Wenn er einverstanden ist, liefern wir die beiden Bücherhüter morgen im *Kabinett Fantastika* ab. Damit wäre der Fall ja wohl gelöst, oder?«

Er erhielt keine Antwort. Momme war stehen geblieben und schaute wie hypnotisiert auf den großen Mann im schwarzen Mantel, der vorn an der Theke mit einer Angestellten sprach. Als habe der Mann seinen Blick gespürt, drehte er sich in diesem Moment um. Sein Gesicht verzog sich zu einer wütenden Grimasse.

»Der verrückte Sammler! Schnell raus hier!«, zischte Tobias und vergrößerte seine Schritte.

Selbst Finja schien der Mann zu beeindrucken, denn sie gehorchte ohne weitere Fragen. Die unnatürlich hagere Gestalt hatte wirklich etwas Düsteres an sich, nicht nur wegen der zotteligen schwarzen Haare und der ungewöhnlichen Bekleidung. Und trotz seines schleppenden Ganges wirkte der Mann keineswegs schwächlich, sondern eher gefährlich. Wie ein verletztes und deshalb umso angriffslustigeres Raubtier.

Momme sah, dass er versuchte, ihnen kurz vor der Glastür den Weg abzuschneiden. Er war ziemlich schnell. Zwei alte Frauen mit Gehwagen blockierten jedoch den Platz zwischen Ausgang und Sitzgruppe, sodass die drei die Tür vor dem Mann erreichten.

Ein stürmischer Wind peitschte ihnen draußen kalten Regen ins Gesicht.

Ohne anzuhalten, knöpfte Finja den Kragen ihrer Jacke zu. »Wohin jetzt?«, rief sie.

Tobias platschte mit seinen noch ziemlich neuen Markenturnschuhen in eine tiefe Pfütze. »Mist! – Zum Busbahnhof!«

Mit eingezogenen Köpfen rannten sie quer über den Platz und in die schmale Gasse hinein, die zurück in die zentrale Fußgängerzone führte. Vorbei an teuren Kleidergeschäften, glitzernden Parfümerien, Reinigungen, Imbissbuden und Drogeriemärkten.

Nach einer Weile schaute Momme über seine Schulter. Die Einkaufsstraße war leerer als auf dem Hinweg, das ungemütliche Wetter trieb die Leute nach Hause.

Doch dann sah er plötzlich hinter sich den schwarzen Mantel in der Menge auftauchen.

Sofort schloss Momme wieder zu Tobias und Finja auf. »Der Typ verfolgt uns immer noch!«

Tobias legte noch einen Zahn zu. Mit einem Seitenblick stellte er fest, dass Finja an seiner Seite mühelos Schritt hielt.

Wie Wettkampfläufer bogen sie alle drei schließlich Kopf an Kopf in die Hauptgeschäftsstraße ein. Schimpfend machten ihnen Passanten Platz.

»Jetzt hängen wir ihn endgültig ab«, schnaufte Tobias, als sie nach einiger Zeit die große Kreuzung und das beleuchtete Glasdach einer Halle vor sich auftauchen sahen. »Da vorn ist schon der Bahnhof.«

Sie hatten Glück, die Linie 24 parkte abfahrbereit in ihrer Haltebucht – allerdings fast voll besetzt.

Unter dem Protest der Fahrgäste drängten sie sich ganz nach hinten bis zur Rückbank durch, wo wie durch ein Wunder noch niemand saß.

Finja fiel keuchend auf das rissige Plastikpolster, öffnete ihre durchnässte Jacke und wischte sich mit einem Zipfel ihres Sweatshirts über das Gesicht. »Geschafft.«

Tobias betrauerte seine verwüsteten In-style-Leinenturnschuhe.

»Die waren sechzig Euro wert«, sagte er mit einem kummervollen Blick auf seine Füße. »Sechzig Euro plus heute zwei Busfahrkarten plus bisher sechs Packungen Knäckebrot und drei Kilo Bananen für Lio. Macht insgesamt achtundsiebzig Euro. Ich finde, dieser Fall ist eine ziemlich teure Angelegenheit.«

Finja, die ihre Haare in Ordnung brachte, lachte leise. »Selbst schuld, wenn man so eitel ist«, sagte sie spöttisch und zeigte auf ihre praktischen, blau geblümten Gummistiefel. »Du kannst ja von Lio eine Entschädigung verlangen. Vielleicht schenkt er dir ein paar von Cantimpres Büchern.«

Brummig wandte sich Tobias ab. Momme hatte die ganze Zeit nervös die Menschenmassen vor dem Fenster beobachtet. Ein paarmal meinte er, zwischen Fahrradfahrern und Regenschirmen den schwarzen Mantel zu sehen. Doch immer war es nur ein harmloser Passant und sein Pulsschlag beruhigte sich wieder.

Schließlich startete der Busfahrer den Motor. Dankbar lehnte Momme sich zurück und schloss einen Moment die Augen.

Was war das für ein Nachmittag gewesen.

Wenn er ehrlich war, hatte ihn die Sache im *Kabinett Fantastika* ziemlich erschreckt. Spannende Spuk- oder Detektivgeschichten als Leser in Büchern zu verfolgen, war ja schön und gut. Doch wenn man selbst so etwas erlebte, sah das plötzlich ganz anders aus. Momme wusste immer noch nicht, woher er in der Buchhandlung eigentlich den Mut genommen hatte, einzugreifen. Sogar Tobias, sonst immer der Coolere von ihnen beiden, hatte sich verdrücken wollen.

Vielleicht lag es daran, dass der kleine alte Buchhändler so jämmerlich unterlegen ausgesehen hatte?

Momme wusste, wie man sich da fühlte. Trotzdem war es ziemlich dumm von ihm gewesen, dem unheimlichen Sammler zu drohen. Offensichtlich hatte er ihn damit gegen sich aufgebracht. Und niemand konnte vorhersagen, wie ein Verrückter reagierte. Seine Mutter behauptete immer, nur lebensmüde Ermittler spielten im Einsatz den Helden ...

Momme schlug die Augen auf und rutschte etwas tiefer in den Sitz. Ach, egal, sie waren ihm ja entkommen. Alles, war gut gelaufen und in einer halben Stunde würde er gemütlich im Wohnzimmer auf dem Sofa sitzen und heißen Kakao schlürfen.

Die Linie 24 bog in eine mehrspurige Hauptstraße ein. Langsam fuhr sie an einer langen Schlange Taxis vorbei, die vor dem Bahnhof auf Zugreisende warteten. Ein schwarzer Geländewagen scherte aus der Reihe aus. In mäßigem Abstand folgte er dem Bus durch den dichten Freitagabendverkehr – quer durch die Stadt, bis zu der Haltestelle vor dem Kindergarten, an der Momme, Tobias und Finja schließlich ausstiegen. Der Regen war nicht weniger geworden und keiner der drei hatte noch Zeit und Lust, zur Hütte zu fahren. Außerdem hatte Finjas Vater unterwegs angerufen und sie an eine Essenseinladung erinnert. Finja hatte es deshalb ziemlich eilig.

»Schickt mir morgen früh eine SMS, wenn ihr zur Altstadtbücherei wollt«, sagte sie.

Mit einigen anderen Fahrgästen verschwand sie unter den Marktplatzarkaden. Auch Tobias bog wenig später in eine andere Richtung ab, sodass Momme den Rest des Wegs allein zurücklegen musste. Es war inzwischen dunkel geworden, nur Straßenlaternen und Autoscheinwerfer sorgten für Licht. Ein Krähenschwarm kreiste laut krächzend über Mommes Kopf, irgendetwas hatte die Vögel von ihren Schlafplätzen aufgescheucht. Totenvögel nannte der alte Hestermann sie immer. Unwillkürlich ging Momme schneller.

Hinter ihm näherte sich ein Fahrzeug, ein starker Dieselmotor, man hörte es am Brummen. Tobias hätte sicher die Marke erkannt, das war eines seiner Spezialgebiete. Momme hielt ein bisschen Abstand von der Bürgersteigkante, damit ihn das aufspritzende Regenwasser nicht traf. Doch der Fahrer überholte nicht, sondern blieb unsichtbar hinter Mommes Rücken. Nach einer Weile kam Momme das merkwürdig vor und er drehte sich um.

Ein schwarzer Geländewagen mit getönten Scheiben. Der verrückte Sammler!

Der Schreck schoss Momme durch Arme und Beine.

Lauf! war alles, was er denken konnte. Bis zu ihrem Wohnblock waren es etwa fünfhundert Meter. Noch nie hatte Momme diese Strecke so schnell zurückgelegt – und sich so sehr ein paar Nachbarn herbeigewünscht. Doch die Straße war menschenleer, wie ausgestorben. Nur ab und zu sah er hinter den Gardinen der Fenster geisterhaftes blaues Fernsehlicht. Unverändert blieb der Wagen an seinen Fersen, obwohl Momme ein paarmal die Straßenseite wechselte. Seine Beine fühlten sich schrecklich schwer an. Mit hämmerndem Herzen rannte er an einem Verkehrsschild vor einer links abzweigenden Seitenstraße vorbei. Noch im Laufen begriff er, dass es seine Rettung war, und wendete. Eine Sackgasse – hier kam der Mann so schnell nicht wieder raus. Momme aber wusste genau, dass man als Fußgänger den Betonpoller umgehen konnte, der die Spielstraße am Ende absperrte. So würde er seinen Verfolger austricksen und eine Querstraße weiter wieder auf die ursprüngliche Straße zurückkehren!

Keuchend kämpfte er sich voran.

Sein Plan ging auf. Mit quietschenden Bremsen hielt das Fahrzeug vor dem Poller, während Momme mit einem Satz an ihm vorbei in der Parallelstraße verschwand. Seine Lungen brannten, als er nach wenigen Metern wieder nach rechts abbog. Jetzt noch bis zum Ende der Straße durchhalten, dann nach links in die Bachgasse, wo ihr Haus stand.

Immer langsamer wurden Mommes Schritte. Stolpernd bog er um die Ecke, sprang über die Baumwurzeln, die sich vor dem Nachbarhaus Nummer 32 durch das Pflaster geschoben hatten, erreichte die grüne, an der Unterkante von vielen Fußtritten abgestoßene Eingangstür. Noch nicht abgeschlossen! Danke, Herr Koteletzky!

Mit weichen Knien trat Momme ein. Als er sich umdrehte, schaute er noch einmal die Straße entlang.

In der Ferne näherten sich langsam zwei Scheinwerfer.

Momme drückte die schwere Tür zu. Immer zwei Stufen auf einmal nehmend, stürmte er die vier Treppen hoch und läutete an der Wohnungstür. Es schien ihm eine Ewigkeit, bis seine Mutter endlich öffnete.

»Na, Schlüssel vergessen?«, sagte sie lächelnd.

Momme nickte. Mühsam versuchte er seine Puddingbeine und den keuchenden Atem unter Kontrolle zu bringen.

Frau Beers Gesicht wurde ernst. »Ist etwas passiert?«

»Nein, nein«, widersprach Momme, während er die Stiefel auszog. »Ich bin nur so schnell gerannt, weil ich nicht wieder das Essen verpassen wollte.«

Seine Mutter warf einen kritischen Blick auf sein rotes Gesicht und die nasse Kleidung. »Zieh alles aus. Ich lasse dir das Badewasser ein«, sagte sie nur.

Normalerweise hasste Momme es, wenn sie ihn wie ein Baby behandelte. Aber im Moment war er viel zu froh, einfach in Sicherheit zu sein. Während seine Mutter im Badezimmer hantierte, schlüpfte er in die Küche und spähte vorsichtig aus dem Fenster auf die Straße. Was er sah, ließ ihm eiskalte Schauer über den Rücken laufen.

Der Mann stand auf der anderen Straßenseite unter einem Alleebaum und beobachtete ihr Haus.

Momme trat vom Fenster zurück. Was hatte das zu bedeuten? Was wollte dieser Mann von ihm?

Frau Beer rief und Momme ging ins Bad.

Kaum war seine Mutter ins Wohnzimmer zurückgekehrt, stieg er wieder aus der Wanne und lief tropfnass an sein Zimmerfenster.

Der Platz unter dem Alleebaum war leer.

Später am Abend saß Momme in eine Decke gewickelt auf dem Sofa und trank statt Kakao heißen Fliederbeersaft. Frau Beer hielt das für die beste Vorbeugung gegen Grippe. Aus Katis Zimmer dudelte eine Kassette, Mommes Vater war mit Freunden ins Kino gegangen.

Frau Beer hatte einen aufgeschlagenen Krimi auf ihrem Schoß liegen. Momme blätterte in einer Computerzeitschrift.

»Sag mal, warum hast du mich eigentlich heute Nachmittag angerufen?«, fragte seine Mutter plötzlich.

Momme hob erstaunt den Kopf. Angerufen? Dann fiel ihm die Sache im *Kabinett Fantastika* wieder ein. Anruf in Abwesenheit – seine Mutter hatte natürlich die Meldung auf dem Display ihres Handys erhalten, auch wenn er sofort wieder aufgelegt hatte.

»Ach, das war nur Zufall.« Momme bemühte sich, fröhlich zu klingen. »Ich bin mit dem Finger auf die Taste gekommen.«

Seine Mutter drehte den Becher in ihren Händen.

»Sei ehrlich, Momme«, sagte sie ruhig. »Macht dir dieser Schulhofbully Schwierigkeiten, der dicke Junge, mit dem du schon im Sommer unten am Fluss Ärger hattest?«

Momme spürte einen Kloß im Hals.

Nein, Mama, es ist der verrückte Sammler. Er verfolgt mich, seit ich in diesem total abgefahrenen Bücherhüter-Fall ermittle. Big Mäx hab ich nur ganz nebenbei an der Backe.

Es fiel Momme schwer, seine Mutter zu belügen. Doch die Wahrheit ging beim besten Willen nicht.

»Quatsch, Mama, ich hab alles im Griff«, sagte er so überzeugend, wie er konnte. »Es ist alles okay, wirklich!«

Frau Beer nippte an ihrem Fliederbeerpunsch. Nachdenklich griff sie nach ihrem Buch und begann wieder zu lesen.

Eine kalte, mondlose Nacht brach an. Der kräftige Nordostwind, der den ganzen Tag schwere Regenwolken über Schwuppstädt getrieben hatte, rüttelte an den Fensterläden der Fachwerkfassaden und pfiff durch die Absperrgitter der Geschäfte.

In der Altstadtbücherei hatten die letzten Putzfrauen schon vor Stunden das Gebäude verlassen. Nur ein schwaches Notlicht brannte wie immer in der Eingangshalle und an der Überwachungskamera über dem Tresen blinkte ein rotes Lämpchen.

In der Kinderbuchabteilung im ersten Stock war alles ruhig.

Kurz vor Mitternacht fielen einige Bilderbücher aus einer hölzernen Stapelkiste. Ein schwarzer Schatten huschte durch den Mittelgang. Zielstrebig bewegte er sich in die hintere linke Saalecke zum viertletzten Regal.

Der Piratenschmöker hörte das Pfotengeräusch als Erster. »Achtung, fremde Karavelle kommt längsseits«, brummte er den beiden anderen zu.

Das Lexikon rückte aufgeregt einige Zentimeter auf dem Regalbrett vor. »Ich denke, es ist am besten, wenn ich den Bücherhüter anspreche«, näselte es. Erwartungsvoll schaute es zum Mittelgang hinüber.

Eine kleine, plumpe Gestalt erschien dort nach einer Weile in dem helleren Lichtquadrat.

»Seid gegrüßt, verehrter Bücherhüter«, schmetterte das Lexikon los. »Es ist mir eine Ehre, Eure Bekanntschaft zu machen. Lio schickt mich, um Euch in Sicherheit zu bringen ...«

An dieser Stelle hörte man einen geflüsterten Protest.

»Lio schickt mich *und meine zwei Freunde*«, fuhr das Lexikon verärgert fort, »und wir werden alles in unserer Macht Stehende tun ...«

Ein tiefes Stöhnen unterbrach seine Begrüßungsrede.

Das schwere, alte Buch mit dem eingeprägten C auf dem Einband, das Momme nachmittags flach auf das mittlere Regalbrett gelegt hatte, hatte sich neben dem Lexikon aufgerichtet.

»Macht?«, stieß es höhnisch hervor. Seine Stimme klang hohl und schien aus weiter Ferne zu kommen. »Welche Macht hast du denn, du neunmalkluger, alberner Papierfetzen? Die Menschen *machen* mit dir, was sie wollen! Stapeln dich, drücken dich, tragen dich hierhin und dorthin, brechen dir das Rückgrat, beschmutzen dich, wie es ihnen gefällt. Schau dich doch um! Sie sperren dich ein, damit du ihnen jederzeit zu Diensten bist. Und wenn sie dich nicht mehr brauchen, dann zerhacken sie dich zu kleinen Schnipseln.«

Unruhe machte sich im Saal breit. Ein leises Wispern in den Regalen begann, das zu einem immer lauteren Chor wurde.

Der Bücherhüter war bei den ersten Worten zusammengezuckt. Nun sprang er näher und stellte sich schwerfällig auf die Hinterbeine.

»Silencio, liber!«, zischte er. »Es war klar, dass du für Unfrieden sorgen würdest, Draco. Keiner hat dir erlaubt, hier zu sprechen, alter Hexenmeister!«

Das dicke schwarze Buch lachte gehässig und klappte seine Seiten in der Mitte auf, sodass es wie ein Prediger mit ausgestreckten Armen auf dem Regal stand. Ein magischer roter Schimmer ging von ihm aus.

»Deine Zeit ist vorbei. Wir brauchen deine Anweisungen nicht!«, verkündete es. »Wir werden den Menschen in Zukunft zeigen, wie mächtig wir sind!«

Beifälliges Gemurmel ertönte aus allen Regalen.

Das Lexikon rang nach Fassung. »Aber das ist Verrat. Niemand widerspricht einem Bücherhüter!«

»Ach, papperlapapp! Freiheit für alle!«, rief eine Gruppe quietschbunter Sachbücher, die schon seit einer Weile bedrohlich schräg zwischen ihren Buchstützen hingen.

Mehrere wild aussehende Bände mit Fußballgeschichten waren derselben Meinung.

»Genau. Es hat sich ausgehütet. Du bist überflüssig!«, grölten sie. Gelächter belohnte diesen Witz. Ein paar besonders freche Taschenbücher begannen mit Pappschubern zu werfen.

Der Piratenschmöker, der Comic und das Lexikon tauschten besorgte Blicke.

Der Bücherhüter duckte sich und knirschte mit den Zähnen. Mit funkelnden Augen betrachtete er den Aufrührer, der immer noch weit aufgeklappt hoch über ihm stand.

Mit einem Knall schloss das schwarze Buch plötzlich seine Seiten.

»Zur Hölle mit dem Bücherhüter!«, donnerte es und stürzte sich in die Tiefe. Nur Zentimeter neben dem Genick des Tieres schlug der schwere Band auf dem Boden auf.

Der Piratenschmöker kippte nach vorn über den Regalrand. »An die Geschütze!«, schrie er, während er fiel.

Den Befehl hätte er sich sparen können. Seine beiden Freunde hatten sich längst todesmutig ins Gefecht geworfen.

Momme wachte am nächsten Tag mit einem Kratzen im Hals auf. Er hatte schlecht geschlafen und wirres Zeug geträumt. Mit bloßen Füßen tappte er zum Fenster. Die Straße unten war leer. Beruhigt ging er in die Küche, wo seine Eltern schon am Frühstückstisch saßen. Seine Mutter bemerkte sofort, dass es ihm nicht gut ging, und von da an lief an diesem Samstag nichts wie geplant.

Als Erstes verbot Frau Beer nämlich Momme, sich mit Tobias und Finja in der Altstadtbücherei zu treffen. Überhaupt durfte er sich nicht verabreden.

»Familienwochenende«, erklärte seine Mutter knapp.

Momme hatte allerdings den Verdacht, dass sie noch immer wegen Big Mäx beunruhigt war und ihn einfach im Auge behalten wollte.

Ohne Momme wollte wiederum Tobias nicht in die Altstadtbücherei fahren. Er fand es viel zu riskant, den zweiten Bücherhüter und die drei »Undercoveragenten« ganz allein mit Finja hinauszuschmuggeln.

»Dann warten wir eben bis Montag«, sagte er, als er sich mit Momme am Telefon beriet. »Sonntags ist die Bücherei doch sowieso geschlossen. Solange passiert ihnen schon nichts.«

Das musste Momme zugeben, er erzählte Tobias aber noch, was er gestern auf dem Nachhauseweg erlebt hatte. Ein langes Schweigen antwortete ihm am anderen Ende.

Schließlich sagte Tobias: »Vielleicht ganz gut, dass du dieses Wochenende bei deinen Eltern bleibst. Ich kümmere mich um Lio und bereite ihn auf den Umzug ins *Kabinett Fantastika* vor. Wirst schon sehen, Momme, Montagnachmittag ist dieser ganze Spuk endgültig vorbei. Bis übermorgen dann.«

Bedrückt legte Momme auf. Es war offensichtlich, dass sogar Tobias jetzt ernsthaft kalte Füße bekam, und das machte Momme kein bisschen ruhiger.

Das Wochenendprogramm, das sich sein Vater überlegt hatte, änderte daran nichts. Ausgerechnet eine archäologische Ausstellung im Landesmuseum über die Menschen der Bronzezeit wollte er sich ansehen. Weil Kati sich dabei langweilen würde, schlug Herr Beer als Ausgleich ein abendliches Hexenmenü in einem Event-Restaurant vor.

Dort wurde man von gruselig verkleideten Kellnerinnen bedient und aß solche Gerichte wie »Pommes-Scheiterhaufen« und »Froschlaichpudding«.

Kati kreischte verzückt los und zog schon mal Schal und Jacke über ihren Schlafanzug, aber Momme trottete nachmittags reichlich lustlos hinter seiner Familie zum Auto.

Das schlechte Wetter und eine groß angelegte Plakataktion der Museumsleitung hatten viele Leute angelockt. Erst mussten sie lange am Kartenschalter anstehen, dann wurde Momme von der Menge von Ausstellungsraum zu Ausstellungsraum geschoben. Vor den meisten Schaubildern standen so viele Menschen, dass er kaum etwas sah und gleich weiterging.

»Bleib bitte in der Nähe!«, rief Frau Beer, die Katis Hand umklammerte. Doch Momme wurde schon mit dem Strom davongeschwemmt. Genervt ließ er einige der folgenden Säle aus, um sich einen Vorsprung zu verschaffen. Der nächste Raum, in den er eintrat, war nur schwach besucht. Seltsamerweise war es darin stockdunkel. Drei rechteckige, mit einem Tuch verhängte Schauvitrinen standen in der Mitte. Langsam näherte sich Momme dem ersten Kasten und versuchte, im schwachen Licht eines Strahlers die Beschriftung zu entziffern.

Moorleichenfund von Krakeby, las er. *Bitte Sichtschutz entfernen.*

Er schlug das Tuch zurück. Das braune, ledrige Gesicht eines zweitausend Jahre alten Jungen schaute ihn aus leeren Höhlen an.

Eine Mumie war das Letzte, was Mommes Nerven vertrugen. Er ließ das Tuch fallen und floh zum Ausgang. Der auffallend große Mann, der bis dahin scheinbar vertieft in seinem Ausstellungskatalog geblättert hatte, folgte ihm. Momme bemerkte ihn erst, als er in einem der Gänge Johannes aus seiner Klasse begrüßte. Für einen Moment glaubte er, dass die düstere Erscheinung hinter ihm nur Einbildung war. Das konnte einfach nicht sein!

Hastig verabschiedete sich Momme von Johannes und tauchte in der Menge unter. Die Gänge und Säle waren noch voller geworden. Fremde Gesichter starrten ihn an. Wo waren Mama, Papa und Kati geblieben? Endlich entdeckte er Kati auf den Schultern seines Vaters vor einer nachgebauten Bronzezeitsiedlung. Rücksichtslos schubste Momme die Menschen rechts und links beiseite und stürzte auf seine Eltern zu.

Seiner Mutter fiel sofort Mommes blasses Gesicht auf.

»Du brütest ganz sicher irgendetwas aus«, sagte sie. »Lass uns lieber gehen, Wolfgang.«

Herr Beer wäre zwar gerne noch länger geblieben, aber Kati begann zu quengeln, also bewegten sie sich langsam zur Garderobe. Momme hielt sich die ganze Zeit dicht neben seiner Mutter. Ein paarmal sah er heimlich über die Schulter, doch der Verfolger war verschwunden.

Der Rest des Tages verlief zum Glück friedlich. Kati genoss im Restaurant ihr Hexenmenü und Momme ließ geduldig die alberne Kindershow über sich ergehen. Eine Weile vergaß er alles um sich herum. Erst als die Bedienung seiner Schwester zum Nachtisch Fruchtgummispinnen servierte, kehrten seine Gedanken wieder zum IQ-Team zurück. Er sah auf die Uhr. Ob Tobias und Finja schon mit Lio über sein neues Zuhause geredet hatten? Es wurde wirklich Zeit, dass er und sein seltenes Buch aus dem Hauptquartier verschwanden. Eine Bemerkung von Dr. Zelander fiel Momme plötzlich wieder ein: *Für dieses Buch würde mancher Sammler töten.*

Der Satz brummte in Mommes Kopf herum wie eine aufgescheuchte Fliege.

Was, wenn der verrückte Sammler Momme auch zur Hütte folgte? Wenn er dort zufällig das Buch sah? Dann war Mommes Leben keinen Cent mehr wert – und Lios sicher auch nicht!

Mit lautem Klirren landete Mommes Eislöffel auf dem

Fußboden. Als er sich danach bückte, wurde ihm schwindelig. Wortlos schob er den halb gegessenen Eisbecher zu Kati hinüber.

Zu Hause guckten alle zusammen auf dem Sofa noch einen lustigen Film. Danach wollte Momme ein neues Jump-and-Run-Spiel am Computer ausprobieren, das er sich von Tobias ausgeliehen hatte. Doch seine Mutter fand, dass die grässlich bewaffneten Figuren auf der CD-Hülle nicht die richtige Unterhaltung für jemanden mit beginnender Grippe waren, und schickte ihn früh ins Bett. Beim Gutenachtsagen wunderte sie sich aber, dass Momme nicht wie üblich las.

»Ein paar Piratenabenteuer vor dem Schlafen sind okay«, sagte sie.

Momme murmelte etwas von Kopfschmerzen und drehte sich auf die Seite. Seine Mutter hatte ja keine Ahnung, wie gefährlich Bücher wirklich waren. Im Moment kam er ganz gut ohne sie aus.

Am Sonntag hatte sich das regnerische Novemberwetter beruhigt, sodass man endlich wieder blauen Himmel sah. Die Temperatur war jedoch auf knapp drei Grad gefallen.

»Das könnte nächste Nacht unter null gehen«, sagte

Mommes Mutter nach dem Mittagessen. »Ich besorge noch schnell an der Tankstelle Entfroster fürs Scheibenwasser.«

Kati wollte mitkommen und eine Bastelzeitschrift kaufen, Herr Beer hatte sich vorgenommen, seinen Schreibtisch aufzuräumen.

»Kann ich mich dann solange mit Tobias treffen?«, bettelte Momme. »Nur ganz kurz, Mama, bitte! Ich hab alle Schulaufgaben fertig. Es geht mir wirklich viel besser.«

Seufzend gab Frau Beer ihm die Erlaubnis.

Hätte sie geahnt, dass Momme gerade per SMS einen dringenden Notruf erhalten hatte, hätte sie ihn zu Hause behalten.

Hilfe – Lio dreht durch! hatte Tobias geschrieben.

Bis zur Nasenspitze vermummt, das war Frau Beers Bedingung, machte Momme sich schnellstens auf den Weg zu Hestermanns Hütte. Anfangs hielt er noch an jeder Ecke unruhig Ausschau, ob der verrückte Sammler irgendwo auf ihn lauerte, doch er traf nur sonnenhungrige Spaziergänger.

Pfeifend bog Momme nach fünfzehn Minuten in den kiesbestreuten Hofplatz von Hestermanns Wohnhaus ein. Auf dem Trampelpfad hinunter zum Fluss, der neben dem Holzschuppen begann, hätte er fast eine Bruchlandung hingelegt. Denn gleich hinter der ersten Biegung traf er Benny. Er hatte ölverschmierte Hände, von seinem Oma-Rad war die Kette abgesprungen und offensichtlich war es ihm nicht gelungen, das zu reparieren. Sobald er Momme erkannte, versuchte er ungeschickt, mit seinem nutzlosen Fahrzeug durch die Büsche zu entkommen. Den von welken Bärenklaustauden verdeckten Graben sah er nicht. Mit einem Schrei sackte er in die Tiefe.

Momme schaute einen Augenblick verblüfft auf das zappelnde Durcheinander von Beinen und Speichen, dann siegte sein Mitleid.

Mit ein paar Handgriffen befreite er Benny aus seiner Klemme und schob das nun völlig demolierte Oma-Rad auf festen Boden.

»Tja, das Vorderrad tut's jetzt auch nicht mehr«, stellte er fest. »Du wirst zu deinem Boss laufen müssen. Kannst ihm gleich ausrichten, dass es sich nicht lohnt, hier herumzuspionieren, verstanden?«

»Is' klar«, nuschelte Benny und wischte sich mit dem Handrücken übers Gesicht.

Er war noch ein paar Grade schmutziger aus dem Graben gekrochen und wirkte kein bisschen wie ein gefährlicher *Desperado*. Ängstlich verfolgte er jede von Mommes Bewegungen.

Kaum hatte Momme ihm den Lenker seines Schrottrades überlassen, machte Benny sich davon.

Nach ein paar Metern blieb er stehen.

»Ist noch was?«, rief Momme, der sich schon wieder auf den Sattel geschwungen hatte.

Benny schaute ihn nicht an, nickte bloß und trommelte dabei unruhig auf seinen schiefen Lenker.

Momme runzelte die Stirn. »Ja?«

»Ach, nichts.« Mit gesenktem Kopf lief Benny weiter.

Was für ein armes Würstchen, dachte Momme, während er, ohne zu treten, den abschüssigen Weg hinunterrollte. Wahrscheinlich war Benny von Big Mäx wieder mal kräftig gemobbt worden.

Tobias, der auf Mommes Klopfzeichen hin die Hüttentür öffnete, hatte für Bennys Schicksal keinen Funken Mitleid übrig. Seine eigene Lage war viel schlimmer. Finja hatte an diesem Wochenende keine Zeit gehabt, daher hatte Tobias dem Bücherhüter ganz allein berichten müssen, was passiert war. Geschichten erzählen war aber nicht Tobias' Stärke. Er platzte mit den unglaublichen Neuigkeiten ohne Punkt und Komma heraus und der Bücherhüter bekam alles in den falschen Hals:

Er sollte ins *Kabinett Fantastika* zu einem gewalttätigen Sammler ziehen und seinen Freund hatte das IQ-Team einfach in der Altstadtbücherei zurückgelassen? Lio verstand die Welt nicht mehr! Überhaupt – warum kamen Momme und Finja seit zwei Tagen nicht? Da war doch etwas faul!

Augenblicklich kehrte Lios altes Misstrauen gegenüber Tobias wieder. Von da an hatte offenbar Krieg zwischen den beiden geherrscht.

Aufgebracht warf sich Tobias jetzt auf die Eckbank.

»Gut, dass du da bist, Momme. Erklär Lio mal, dass ich kein Verräter bin!«

Momme warf einen Blick auf den Bücherhüter, der mit dem Kopf zur Wand gekehrt oben auf seinem Nest hockte, und musste unwillkürlich lachen.

»Mann, ihr habt ja alle beide einen Hüttenkoller! Das kommt davon, wenn man zu lange hinter verrammelten Fensterläden im Dunkeln sitzt. Den *Desperado*-Späher bin ich gerade losgeworden, also lasst uns ein bisschen raus gehen, das pustet das Gehirn frei.«

Di Behandlung wirkte. Der Bücherhüter atmete schnüffelnd den frischen Wind ein, während er neben Momme durch das hohe, ungemähte Gras der Obstbaumwiese hinunter zum Fluss spazierte. Nur seine Pinselohren schauten heraus. Ab und zu vergewisserte er sich, dass die Gänse nicht näher rückten. Doch die hatten wohl neben dem alten Bauwagen, der ihnen als Stall diente, eine seltene Delikatesse entdeckt. Gierig stopften sie sich dort die Hälse voll. Unten am Ufer, wo Hestermanns morsches Ruderboot am Steg schaukelte, setzte sich Momme auf einen dicken Weidenstamm. Der Bücherhüter sprang neben ihn und betrachtete fasziniert den rasch vorbeiziehenden Fluss. Das Wasser hatte sich durch die Regenfälle in eine schlammige Brühe verwandelt. Ein paar ängstlich piepsende Blesshühner suchten im friedlich raschelnden Schilfgürtel nach Nahrung und hoch über ihnen kreisten zwei Raben.

Während Tobias flache Steinchen übers Wasser flippte, gab Momme Lio eine Art Lagebericht.

Er war gerade dabei, Dr. Zelanders Geschäft so einladend wie möglich zu schildern, als sie dumpfes Gepolter hörten. Fast gleichzeitig begannen die Gänse Alarm zu schlagen.

Tobias ließ die gesammelten Steine fallen. »Donnert es?«, sagte er und sah zum Himmel.

So konnte man es auch nennen. Die *Desperados* brachen wie ein Unwetter über sie herein.

Big Mäx hatte seine Rache sorgfältig vorbereitet. Nichts durfte schiefgehen, deshalb hatte er den Versager Benny nach Hause geschickt. Paul und Darius hatten morgens Seile und altes Brot besorgt, Marvin hatte die Gänse unter einen Apfelbaum gelockt, sodass sich die ganze Bande anschließend in deren Stall verstecken konnte. Dort drinnen stank es zwar furchtbar nach Vogelkacke, aber man hatte die beste Angriffsposition, die man auf dem Gelände finden konnte: perfekt getarnt und genau in der Mitte zwischen Hütte und Fluss. Danach brauchten die *Desperados* eigentlich nur noch abzuwarten.

Als Tobias und Momme zum Bootssteg hinuntergingen, rieb Big Mäx sich hinter der verschmierten Fensterluke die Hände. In breiter Front stürmte die Bande hinunter zum Wasser.

Momme begriff sofort, wie gefährlich die Lage war: Tobias und er würden es mit Lio nicht mehr zurück in die Hütte schaffen! Sie saßen in der Falle und das Hauptquartier war offen und ungeschützt.

Der Bücherhüter sah sich aufgeregt nach einem Versteck um. Es gab einfach keins, das hatte auch Tobias schon gemerkt.

»Wohin mit ihm?«, schrie er Momme an.

»Halt sie irgendwie noch ein paar Sekunden auf der Wiese auf«, rief Momme und hob den Bücherhüter auf den Arm. »Mit einem Oshiwasa oder wie dieser Wurftrick heißt!«

Tobias stutzte, riss sich dann jedoch die dicke Winterjacke vom Leib. »Einer gegen fünf, ich hab doch null Chancen.«

Mit einem Judo-Kampfruf rannte er den *Desperados* entgegen: »Ha-ji-me!«

Lautes Kriegsgeschrei antwortete ihm.

Momme hetzte mit Lio zu Hestermanns Boot. Quer über das Heck war notdürftig als Regenschutz eine schwarze Plane gezurrt, trotzdem stand immer Wasser in dem alten Kahn.

Momme spürte, wie sich der Bücherhüter bei diesem Anblick ängstlich mit den Pfoten in seiner Jacke verkrallte, doch er hatte keine Wahl.

»Schnell, unter die Plane mit dir!«

Platschend landete Lio auf den überschwemmten Planken und verkroch sich zwischen dem Angelzubehör.

Keine Sekunde zu früh. Füße trampelten über den hölzernen Steg. Momme drehte sich um. Darius und Marvin liefen auf ihn zu, jeder das Ende eines langen Seils in der Hand. Ehe er sich richtig wehren konnte, hatten sie ihn gepackt und seine Hände auf dem Rücken gefesselt. Triumphierend schleppten sie ihn über die Wiese zu Big Mäx.

Der dicke Anführer der *Desperados* stand vor einem der krummen Apfelbäume und sah zu, wie Paul Tobias gerade an den Stamm band.

»Mach schön feste Knoten«, befahl Big Mäx. Er tätschelte Tobias mit seiner speckigen Hand grob die Wange. »Zur Strafe für die Busfahrt am Freitag.«

Mit fiesem Grinsen wandte er sich seinem zweiten Opfer zu.

»Hallo, Bärchen!«

Marvin gab Momme einen Stoß, sodass er vor Big Mäx auf die Knie ins Gras fiel.

»Er wollte mit dem Boot abhauen«, sagte Darius nicht ganz wahrheitsgemäß.

»Aha, Boot fahren möchte er«, sagte Big Mäx langsam. »Das kann er haben – später. Zuerst will ich wissen, was er in der Hütte versteckt. Bindet ihn auch an den Baum.«

Momme warf Tobias einen verzweifelten Blick zu, während die Bande ihn dicht neben seinem Freund wie einen Rollbraten verschnürte.

»Wenn Hestermann euch erwischt, kriegt ihr Riesenärger«, rief er ihnen hinterher, als sie johlend in die Hütte stürmten. »Es ist immer noch sein Grundstück!«

Big Mäx wusste genau, dass Hestermann wie jeden Sonntag mit seiner Frau zum Kaffeetrinken gefahren war, und lachte nur höhnisch.

Die nächste halbe Stunde war eine einzige Katastrophe. Die *Desperados* zerrten die gesamte Ausrüstung des IQ-Teams aus den Regalen. Sie zerfetzten die Ordner mit den Geheimschriften, zerbrachen die Gläser und das Babyfon, benutzten die Fernrohre als Baseballschläger für die fauligen Äpfel, die überall auf der Wiese lagen, und beschossen damit die Gänse. Dann fanden sie die Wasserpistolen und vergnügten sich eine ganze Weile damit, ihre wehrlosen Gefangenen nass zu spritzen. Vor allem Big Mäx kannte keine Gnade, er zielte auch aufs Gesicht.

»Ego-Shooter Max im Einsatz beim Bärchenjagd-Action-Adventure«, schrie er.

Momme spuckte und prustete mit zusammengekniffenen Augen, denn das Wasser aus der Regentonne neben dem Holzstapel war eiskalt und der harte Strahl tat richtig weh.

»Hör auf damit«, fauchte Tobias den Dicken zwischen zwei Salven an.

Big Mäx pumpte grinsend neuen Druck in die Pistole und schwenkte seinen Arm auf Tobias. In diesem Augenblick kam Marvin aus der Hütte gerannt.

»Hey, Boss, guck mal, was ich gefunden habe!«

Er hielt Lios Buch in die Höhe.

»Oh, jetzt wird's interessant.« Big Mäx warf die Pistole ins Gras. Neugierig riss er das Buch an sich und versuchte den Titel zu lesen, konnte mit den verschlungenen goldenen Schnörkeln auf dem Einband aber nichts anfangen.

Ungeduldig hielt er Momme das Buch unter die Nase. »Was ist das für ein Scheiß!?«

Momme blinzelte, Wasser lief aus seinen Haaren. »Nur ein altes Buch«, sagte er mit flacher Stimme.

Big Mäx grinste. Das Ding war irgendwie wertvoll, das sah er dem Bücherwurm an der Nasenspitze an!

»Das kannst du deiner Oma erzählen. Los, spuck's aus«, befahl er. Er verpasste Momme noch zwei weitere Güsse aus der Wasserpistole. Völlig erfolglos. Momme kämpfte mit den Tränen und sagte kein Wort.

Diese Sturheit brachte den Anführer der *Desperados* zum Kochen.

»Schafft ihn runter zum Fluss«, fuhr er Marvin und Darius an. »Er geht jetzt nämlich wie versprochen ein bisschen Boot fahren. Sein hübsches Geschenk hier nehme ich mit nach Hause.«

Big Mäx pfefferte das Buch zu Boden, während seine Leute Momme vom Baum losbanden.

»Lass ihn in Ruhe, Fettsack!« Tobias zerrte vergeblich an seinen Stricken. Unruhig beobachtete er, wie Momme mit auf dem Rücken gefesselten Händen über die Wiese gezerrt wurde. Mehrere Gänse watschelten langsam heran und zupften neugierig mit ihren Schnäbeln an Tobias' Hose.

Unten auf dem Steg befahl Big Mäx Momme, ins Boot zu klettern.

Momme schaute aus dem Augenwinkel auf die Plane. Sein Mund war völlig trocken, wie zugepappt.

»Findest du nicht, dass es jetzt reicht?«, sagte er heiser. »Du hast deinen Spaß gehabt.«

Big Mäx schüttelte den Kopf, dass seine Hängebacken schwabbelten, und machte einen drohenden Schritt auf ihn zu. Ohne sich abstützen zu können, plumpste Momme ungeschickt auf die mittlere Ruderbank. Fast wäre er bei dem heftigen Geschaukel über Bord gegangen.

Big Mäx löste die Leine, mit der das Boot am Steg vertäut war.

Nun wurde es auch seinen Bandenmitgliedern zu viel.

»Ey, willst du ihm nicht die Fesseln abnehmen?«, fragten Darius und Marvin.

»Ja, wie soll er denn sonst rudern?«, meinte Paul ratlos.

»Gar nicht, Hirni! Auf diesem Spiellevel muss man sehen, wie man zurechtkommt.«

Big Mäx hatte eindeutig zu viel Zeit mit seiner tragbaren Computerspielkonsole verbracht.

Mit kräftigen Tritten stieß er den alten Kahn vom Steg ab und schubste ihn in die Flussmitte. Fast sofort wurde er von der Strömung erfasst.

»Max, der Monsterkrieger, hat gesiegt!«, brüllte Big Mäx mit hochgereckter Faust. »Niemand beleidigt ungestraft den Titan des Bösen!«

Zufrieden gab er das Zeichen zum Abzug. Paul, Marvin und Darius zögerten einen Moment, liefen dann aber, ohne weiter nachzudenken, mit. Tobias konnte ihnen an seinem Apfelbaum-Marterpfahl so viele Beschimpfungen hinterherrufen, wie er wollte. Das Letzte, was er sah, war ein davontrottender Big Mäx, der Lios Buch rücksichtslos am Einbanddeckel hin und her schlenkerte.

Mommes Fahrt flussabwärts war inzwischen glücklicherweise von einem alten Schwanennest gestoppt worden. Die Strömung trieb den Kahn vor dem Reisighaufen quer und drückte ihn tief ins Schilf. Trotzdem befand sich Momme in Gefahr. Hestermanns Kahn war seit Jahren leck – und jetzt sank er.

In kurzer Zeit stand Momme das Wasser bis zu den Knöcheln. Mit weit aufgerissenen Augen schaute er auf die braune Flut, die an mehreren Stellen durch den undichten Boden strömte.

Wie sollte er ohne Hände an Land schwimmen? »Hilfe!«, schrie er. »HILFE!«

Der Bücherhüter pflügte mit hochgerecktem Kopf durchs Wasser des langsam vollaufenden Kahns und krabbelte mühsam neben Momme auf die Ruderbank.

Momme hielt ihm seine gefesselten Hände hin.

»Kriegst du das auf?«

Lio zuckte verwirrt mit den Pinselohren.

»Nun ja, Cantimpre hatte in seiner Bibliothek ein interessantes altes Buch über Seemannsknoten ...«, zischte er. »Es gehörte mal einem englischen Kapitän. Ich kann mich nur nicht mehr so genau erinnern, was darin stand. Zieht man hier ... oder eher da ...«

»Ach, verdammt, Bücher helfen uns jetzt nicht weiter«, rief Momme verzweifelt. »Kannst du denn gar nichts Vernünftiges? Beiß es einfach kaputt!«

Der Bücherhüter stutzte.

»Libri amici, libri magistri«, murmelte er leise. »Das gilt wohl nicht mehr.« Konzentriert begann er, mit seinem schiefen Gebiss an Mommes Fesseln zu nagen. Unaufhörlich stieg das Wasser.

»Schneller«, schrie Momme, es war mehr ein Schluchzen.

Plötzlich hörte er Paddelgeräusche. Ein bunt lackiertes Kanu mit einem Klubabzeichen fuhr den Fluss hinunter.

»Ich bin gleich bei dir!«, rief Finja. Mit kräftigen Schlägen kam sie näher und steuerte geschickt längsseits.

In diesem Moment lockerte sich endlich der Knoten. Momme befreite seine Hände, warf den Bücherhüter in Finjas Schoß und stieg dann selbst in letzter Minute ins Kanu um.

Lautlos sackte Hestermanns Kahn endgültig ab.

Allerdings nicht ganz. Der Bug ragte weiterhin heraus.

Der Fluss war an dieser Stelle nämlich nur etwa einen Meter tief.

Als Momme das sah, schämte er sich sofort in Grund und Boden, dass er so geschrien hatte.

Finja sagte kein Wort dazu, sondern drückte Momme nur ein zweites Paddel in die Hand. Dann wollte sie wissen, wie das Unglück passiert war.

Mühsam kämpften sie sich gegen den Strom zurück zu Hestermanns Bootssteg. »Dieser Max muss total verrückt geworden sein!«, schimpfte sie. »Es war reiner Zufall, dass ich dich gehört habe. Ich hatte heute drüben am Kanuheim mit meinem Vater Putzdienst. Ihr habt Glück, dass unser Kanadier noch nicht im Winterlager liegt.«

Von Glück mochte Finja später nicht mehr reden, nachdem sie Tobias befreit hatte und das Schlachtfeld rund ums IQ-Hauptquartier sah. Auch der Bücherhüter, nass und vor Kälte zitternd, betrachtete die Verwüstung mit Entsetzen.

»Mein Buch ist weg, nicht wahr?«, zischte er und zeigte auf die weit offen stehende Hüttentür.

Momme, der schrecklich fror, schlang die Arme um seinen Oberkörper und nickte mit klappernden Zähnen.

Der Bücherhüter schloss die Augen. Mit dem nassen, angeklebten Fell sah man, wie mager er eigentlich war.

»Ich bin wohl wirklich nutzlos«, bemerkte er leise. »Wilde Hunde, schießende Kinder und sinkende Boote – in dieser Welt ist kein Platz für mich.«

Es klang so traurig, dass Momme bereute, was er vorhin auf dem Fluss gesagt hatte. Wenn man es genau nahm, war nämlich sein eigener Leichtsinn sogar schuld an allem. Warum hatte er den Bücherhüter überredet, sein Versteck zu verlassen? Er war ein miserabler Ermittler, jeder hätte vorher die Umgebung überprüft!

Tobias schaute verlegen zu Boden. Die Niederlage hatte ihn schwer getroffen, vor allem, weil ausgerechnet Finja ihn als peinlichen, von einer Gänseherde belagerten Loser gesehen hatte.

»Tut mir echt leid, Lio«, murmelte er. »Es waren zu viele. Big Mäx hat dein Buch mitgenommen ...«

»Big Mäx wird das Buch nicht lange behalten«, sagte Finja mit fester Stimme. Sie hatte ihr Sweatshirt ausgezogen und rieb den Bücherhüter damit trocken. »Wir holen es uns zurück. Aber zuerst bringen wir morgen Lio und seinen Freund zu Dr. Zelander.«

Momme und Tobias guckten verwirrt, denn Lio widersprach ihr nicht. Der Überfall der *Desperados* hatte ihn voll und ganz überzeugt, dass er in einer Buchhandlung immer noch am besten aufgehoben war.

Als der alte Hestermann um fünf wie immer seine Gänse in den Stall sperrte, zog leichter Abendnebel über die Obstwiese. Nichts erinnerte mehr an den Kampf, der dort stattgefunden hatte. In Rekordzeit hatte das IQ-Team die gröbste Unordnung beseitigt und danach Lio zu einer letzten Nacht in der Hütte überredet. Die Sache mit dem versenkten Ruderboot würden sie Hestermann später in Ruhe beichten, hatten sie beschlossen. Während Tobias Finja noch half, ihr Kanu zurück ins Klubhaus zu bringen, strampelte Momme schon längst auf seinem Rad nach Hause.

Unterwegs zerbrach er sich den Kopf, wie er seine nassen Kleider erklären sollte. Das war gar nicht nötig. Seine Eltern hatten sich noch mit Kati zu einem kleinen Spaziergang zum Spielplatz entschlossen. Unbemerkt konnte sich Momme umziehen und die verräterischen Kleidungsstücke im Wäschekorb verschwinden lassen.

Trotz des dicken Fleecepullovers, den er nun trug, und zwei Bechern ultragesunden Früchtetees fror er den ganzen Abend und das Kratzen im Hals fühlte sich auch schlimmer an.

Am Montagmittag waren daraus ordentliche Halsschmerzen geworden. Mühsam quälte sich Momme durch den Unterricht. Seine Mutter, die ihn nach ihrem Dienst von der Schule abholte, überlegte, ob sie ihn zu Hause behalten und sich den nächsten Tag freinehmen sollte.

»Zu blöd, dass mein Kollege im Urlaub ist und wir im Moment so viel zu tun haben«, murmelte sie und brauste mit ihrem roten Kleinwagen reichlich schnell durchs Schusterviertel. »Ich muss einen Haufen Anzeigen vom Wochenende bearbeiten, zum Beispiel diese merkwürdige Sache in der Altstadtbücherei ...«

Momme hinten auf dem Rücksitz spitzte die Ohren. »Altstadtbücherei? Was ist damit?«

Frau Beer bog in eine Parklücke vor ihrem Haus ein. Sie lächelte Momme im Rückspiegel an.

»Nur eine langweilige Sachbeschädigung«, sagte sie, während sie ausstieg und Kati aus ihrem Kindersitz hob. »Jemand hat in der Nacht Bücher aus den Regalen geworfen, einige sind kaputtgegangen. Türen und Fenster waren jedoch verschlossen und unberührt. Wird eine typische Anzeige gegen unbekannt – und nie aufgeklärt.«

Momme runzelte die Stirn. Was war da in der Nacht passiert? Wenn jetzt sogar die Polizei dem zweiten Bücherhüter hinterherschnüffelte, wurde es doppelt gefährlich. Er musste unbedingt erreichen, dass seine Mutter ihn nachmittags aus dem Haus ließ, damit er das Tier zu Dr. Zelander bringen konnte!

Während des gesamten Mittagessens verdrängte Momme tapfer seine Halsschmerzen und erfand dann einen Grammatiktest, den er angeblich am nächsten Tag nicht verpassen durfte.

»Tobias und ich wollten heute zusammen dafür üben«, behauptete er und löffelte den letzten Rest seiner Kürbissuppe aus. »Ich muss morgen zur Schule gehen!«

»Das wäre natürlich ärgerlich, wenn du den nicht mitschreibst«, gab Frau Beer widerstrebend zu. »Na, meinetwegen. Aber spätestens um sechs bist du zu Hause.«

Momme drückte ihr einen Kuss auf die Wange und flitzte in sein Zimmer, um Tobias anzurufen und seine restlichen Schulaufgaben zu erledigen. Danach machte er sich auf den Weg zur Bushaltestelle vor dem Kindergarten.

Finja und Tobias waren schon an der Hütte gewesen und warteten auf ihn. Tobias trug den Bücherhüter im Rucksack auf dem Rücken.

»Er ist immer noch total niedergeschlagen«, wisperte er Momme beim Einsteigen in die Linie 24 besorgt ins Ohr.

»Sobald er seinen Freund wieder trifft, wird er bestimmt

fröhlicher«, flüsterte Momme zurück. »Und Dr. Zelander rastet garantiert vor Begeisterung aus, wenn er ihn sieht.«

Das stimmte tatsächlich – und auch wieder nicht. Kaum waren die drei vor dem Schaufenster des *Kabinetts Fantastika* aufgetaucht, schoss der kleine, schwarz gekleidete Buchhändler heraus, begrüßte Momme wie einen alten Bekannten und bat ihn freundlich zu sich in den Laden. Die beiden anderen beachtete er kaum.

Momme verlor keine Zeit.

»Wir haben Ihnen etwas mitgebracht, das Sie schon lange suchen«, sagte er. »Sie sollten besser vorher abschließen.«

Dr. Zelander zog die Augenbrauen hoch, ließ aber tatsächlich das eiserne Schutzgitter herunter und versperrte die Ladentür mit dem Schlüssel, den er um den Hals trug. Anschließend verdunkelte er das Schaufenster. Nur eine Lampenleiste vor den hinteren Regalen brannte. Finja sah sich unbehaglich in dem fast vollständig finsteren Raum um. Sicherheitshalber trat sie einen Schritt von dem Totenkopf-Kunstwerk zurück.

Tobias stellte seinen Rucksack auf die Ladentheke und öffnete die Verschlussklappe.

Dr. Zelanders Hände zitterten. Seine Maulwurfsaugen

folgten jeder Bewegung, für Sekunden blitzte ein Anflug von Gier in ihnen auf. Als Tobias Lio vorsichtig auf einen Zeitschriftenstapel setzte, verzog sich das Gesicht des Buchhändlers zu ungläubigem Staunen.

»Opiliolibros«, flüsterte er und bekam einen seiner Hustenanfälle.

Finja fand, dass er mehr erschreckt als überrascht aussah.

Der alte Buchhändler klopfte sich auf die Brust und beugte sich vor. Es sah aus, als verneige er sich. »Es ... es gibt ihn also tatsächlich!«, stammelte er.

Der Bücherhüter richtete sich auf. Die Bewunderung Dr. Zelanders gefiel ihm.

»Selbstverständlich gibt es mich!«, fauchte er. Interessiert schaute er im Laden umher.

»Recht nette Einrichtung hier. Wie ich sehe, stehen dort einige wertvolle Erstausgaben. Sind das alle Bücher? Wie ist diese Bibliothek geordnet?«

Dr. Zelander war von seinem Gast völlig überwältigt. Erst zögernd, dann immer bereitwilliger gab er Auskunft, der Bücherhüter taute immer mehr auf und schon nach kurzer Zeit hatten alle beide die Kinder im Laden vollständig vergessen.

Momme, der angespannt dieses erste Treffen beobachtet hatte, stieß einen erleichterten Seufzer aus. Die zwei schienen sich zu verstehen – nun konnte er beruhigt den anderen Bücherhüter herholen. Dr. Zelander wusste zwar noch nichts davon, aber wie es aussah, würde er auch gegen einen zweiten Helfer in seiner Buchhandlung nichts einzuwenden haben.

Momme wollte Dr. Zelander gerade höflich erklären, dass er noch etwas Wichtiges erledigen musste und später wiederkommen würde, doch der hatte es plötzlich mächtig eilig, ihn loszuwerden. Mürrisch scheuchte er die drei Kinder auf die Straße hinaus. Rasselnd senkte sich sofort hinter ihnen das Türgitter.

Finja schüttelte sich. Erst einige Straßenecken weiter auf dem Weg in die Altstadtbücherei fand sie ihre Sprache wieder.

»Kommt euch der Mann nicht ein bisschen komisch vor?«, fragte sie.

»Ach, Quatsch, läuft doch alles super«, winkte Tobias ab.

Im *Kabinett Fantastika* trat der alte Mann vor die Theke, wo der Bücherhüter saß, nahm aus einer Schublade ein Paar schwarze Handschuhe heraus und begann sie über seine blassen Hände zu streifen. Jede Freundlichkeit war aus seinem Gesicht gewichen.

»Diesmal beißt du mich nicht«, sagte er mit einem hässlichen Kichern.

Der Verband, den er bei Mommes letztem Besuch noch an der linken Hand getragen hatte, war verschwunden.

Viel zu spät entdeckte Lio die lilafarbene gezackte Narbe auf Dr. Zelanders Handrücken und stieß einen gellenden Schrei aus.

Das IQ-Team hatte sich einen schlechten Tag ausgesucht, um seine Undercoveragenten und den zweiten Bücherhüter aus der Altstadtbücherei zu retten. Erstens hatte dort an diesem Nachmittag die Lesung eines bekannten Schriftstellers von romantischen Liebesgeschichten stattgefunden. Eine Menge kichernder, schwatzender Frauen drängte sich deshalb noch in der Eingangshalle, um von ihrem Star ein Autogramm abzustauben. Zweitens versperrte wegen des Zwischenfalls am Wochenende im ersten Stock ein Seil den Zugang zur Kinderbuchabteilung.

Tobias ließ sich davon nicht abhalten.

»Worauf wartet ihr noch?«, sagte er zu Momme und Finja, die unschlüssig am Treppenabsatz davorstanden, und stieg auf die andere Seite. Niemand kümmerte sich darum und schnell taten es die zwei ihm nach.

Auf den ersten Blick gab es keinen Grund für die Schließung des Lesesaals: Das am Freitag umgestürzte Regal gleich vorn am Mittelgang war mittlerweile wiederaufgerichtet worden. Auch die Kuschelleseecke für die Kleinen mit dem Zeltdach und der großen Holzeisenbahn hatte jemand aufgeräumt. Ein paar Regalreihen weiter hinten sah Momme dann jedoch mit eigenen Augen, wovon ihm seine Mutter mittags erzählt hatte. Überall lagen Bücher verstreut – aufgeklappt, mit geknickten Seiten oder kaputten Einbänden. In einigen Gängen bedeckten sogar lose Blätter den Boden.

Betroffen blieben alle drei stehen.

»Das war doch Freitag noch nicht so«, sagte Finja erschrocken.

»Nein«, gestand Momme und berichtete von der Anzeige, die bei der Polizei eingegangen war.

Tobias rückte nervös an seiner Baseballkappe. »Ich verstehe nicht, wer das getan hat. Hoffentlich hat es unsere Spezialisten nicht auch erwischt. Oder den Bücherhüter!«

Voller böser Ahnung stürmten sie ans hintere Ende des Lesesaals zum viertletzten Regal. Dort war die Unordnung am schlimmsten. Nur ein paar einzelne Bände standen verloren an ihren richtigen Plätzen, der Rest lag in wüsten, übereinandergeworfenen Haufen in den Zwischengängen. Hastig durchwühlten sie die Bücherberge, in der Hoffnung, dass sich die drei Agenten darunter befanden. Tobias stöhnte, noch nie hatte er so viel Lesestoff durchgeblättert. Bald überließ er diese Arbeit den beiden anderen, während er sich in den angrenzenden Gängen bei den CD-Schränken, Videoständern und Computertischen umschaute. Ohne Ergebnis.

Von Mommes Büchern, dem Comic und dem zweiten Bücherhüter fehlte jede Spur.

Von unten aus der Eingangshalle hörte man plötzlich aufflackerndes Gelächter und lautes Stimmengewirr. Sofort kehrte Tobias zu Finja und Momme zurück. Es war nur eine Frage der Zeit, bis jemand sie hier oben bemerken würde.

»Verdammt, sie können doch nicht vom Erdboden verschluckt worden sein!«, sagte Momme. Ratlos drehte er sich im Kreis.

Finja überquerte den Mittelgang und setzte sich auf eins der roten Lümmelsofas, die in den Wandnischen an der Fensterfront standen. Nachdenklich knabberte sie an ihren Fingernägeln.

»Wir müssen anders suchen, uns in sie hineinversetzen«, sagte sie. »Wo würdest du dich verstecken, wenn jemand hier hinter dir her wäre?«

Momme zuckte mit den Achseln. Tobias tippte sich an die Stirn. Das war doch typischer Mädchenquatsch!

»Vielleicht sollten wir einfach rufen«, schlug Momme vor. »He, Leute, hier spricht das IQ-Team. Bitte meldet euch!«

Er lauschte.

»Wartet mal«, sagte Finja und stand auf. Leise ging sie zur Leseecke hinüber. Neben dem Podest mit den bunten Polstern war auch ein Platz zum Hören von CDs und Kassetten eingerichtet. Er hatte die Form eines mittelalterlichen, überdachten Brunnens, um den eine gemütliche Sitzbank gebaut war.

Vorsichtig beugte sich Finja über den Brunnenrand, Stück für Stück ein bisschen tiefer. Nach einer ganzen Weile tauchte sie wieder auf. Wie eine träge, dicke Hauskatze lag der Bücherhüter in ihren Armen.

»Sie sind alle da unten«, rief sie.

Momme und Tobias stürzten zum Brunnen. In dem Schacht aus Pappe und Holz lagen ihre Geheimagenten, erschöpft, aber lebend.

»Endlich«, sagte das Lexikon mit schwacher Stimme.

»Wir hatten die Hoffnung schon aufgeben. Seit zwei Tagen warten wir auf euch. Die beiden anderen sind schlimm verletzt. Und pass auf – wir haben einen Gefangenen!«

Erstaunt sah Momme, dass ganz unten noch ein viertes Buch lag, nämlich der schwarze Band mit dem eingestanzten C, der ihm schon am Freitag aufgefallen war. Nachdem er die drei Helden aus dem Brunnen geholt und an Tobias weitergereicht hatte, griff er nach dem Unbekannten. Mit einem Schrei ließ er los. Der Einband war heiß!

Momme schaute entsetzt auf seine Finger.

»Lass deine Tricks, Draco, oder ich werfe dich in den nächsten Aktenvernichter!«, zischte der zweite Bücherhüter von Finjas Armen herab. Seine Stimme klang ähnlich wie Lios, nur etwas höher. Er wendete sich Momme zu.

»Wickle dir lieber etwas um deine Hände«, riet er. »Wirklich eine Katastrophe, dass ausgerechnet er hier bei den Kinderbüchern gelandet ist. Er hätte unsere Bibliothek nie verlassen dürfen und gehört schleunigst wieder hinter Schloss und Riegel!«

»Ist das eins von Cantimpres gefährlichen Büchern?«, fragte Tobias neugierig und beäugte aus sicherer Entfernung den dicken schwarzen Wälzer, den Momme, nun durch seinen Schal geschützt, mit gehörigem Respekt aus dem Brunnen holte.

Der zweite Bücherhüter nickte. »*Das Auge des Drachen* ist ein uralter Band, den wir seit hunderten von Jahren bewachen. Fünfhundert Seiten voller schwarzer Magie: Teufelsbeschwörung, Erweckung von Toten zum Leben, Aufspüren verborgener Schätze, Liebeszauber und so weiter und so weiter. Komm nie auf die Idee, hineinzuschauen und ihn zu lesen – du siehst ja, was er anrichten kann.«

»Das war *er*?«, fragte Tobias ungläubig.

»Yo, Mann, er hat in fünf Minuten einen voll krassen Aufstand angezettelt«, mischte sich jetzt der Comic ein. Er sprach undeutlich, denn quer durch sein Deckblatt gingen mehrere Risse.

»Dieser hinterlistige Haifisch wollte den Bücherhüter sogar töten«, brummte der Piratenschmöker, dessen Einband beim Nahkampf ebenfalls stark beschädigt worden war. »Ha, das habe ich aber erfolgreich verhindert! Lasst ihn uns endlich an den Besanmast hängen, mit dem Kopf nach unten!«

Der Bücherhüter verzog die Schnauze zu einer Art Lächeln.

»Später, mein Freund, wenn ich mit Lio darüber gesprochen habe«, zischte er. Besorgt wandte er sich wieder an Momme. »Wo ist Lio? Geht es ihm gut? Ist er in Sicherheit?«

Momme legte den schwarzen Band auf den Brunnenrand und begann vom *Kabinett Fantastika* zu erzählen.

Tobias fiel ihm ins Wort.

»Es kommt jemand die Treppe herauf!«

Sekundenlang sahen sich alle an. Dann stopften Momme und Tobias so schnell es ging die Bücher und den Comic unter ihre Pullover. Momme war es ziemlich unheimlich, *Das Auge des Drachen* so nah bei sich zu tragen, zurücklassen durfte er es jedoch nicht.

Finja hatte die schwierigste Aufgabe erwischt. Mit fliegenden Fingern versteckte sie den Bücherhüter unter der wattierten Steppweste, die sie heute extra zu diesem Zweck angezogen hatte. Das rundliche Tier passte jedoch kaum darunter. Einer schlafenden Fledermaus ähnlich, klammerte es sich mit seinen Krallen eng an Finjas Pullover.

Mühsam zog Finja über ihm den Reißverschluss zu.

»Bestimmt sehe ich jetzt wie eine dicke Nudel aus«, murmelte sie und lief mit den beiden Jungen zum Treppenabsatz.

Der Rückzug des IQ-Teams blieb leider nicht unbemerkt. Ein Hausmeister im grauen Kittel und mit einem albernen Filzhut auf dem Kopf fing sie ab, während sie über das Absperrseil stiegen. Ein paar ältere Besucher unten in der Halle machten sich gegenseitig darauf aufmerksam, was sich über ihren Köpfen abspielte.

»Freundchen, so geht das aber nicht«, sagte der Hausmeister streng, wobei er ihnen mit dem Finger drohte. Er ging gebückt und hatte einen krausen Backenbart. »Wozu hängt hier wohl dieses Seil, hä?«

»Wir sind ja schon weg!«, rief Momme. Eilig polterte er mit Tobias und Finja an ihm vorbei die Holztreppe hinunter. Finja warf dem Mann über die Schulter ein strahlendes Lächeln zu. »Sie haben uns nie gesehen, okay?«

Der Hausmeister stapfte brummend hinter ihnen her. Irgendwie war sein Misstrauen geweckt, jedenfalls folgte er den dreien bis in die Garderobe und beobachtete sie beim Anziehen, sodass Finja den Bücherhüter nicht in Tobias' Rucksack umladen konnte. Nach einigen Minuten kehrten die drei in die Halle zurück. Dort war noch immer alles durch die Besucher der Lesung versperrt, die sich inzwischen mit Getränken und Kuchen aus der Cafeteria verwöhnten. Außerdem war ein Reporter von der Schwuppstädter Zeitung dabei, Fotos zu machen. Ein Grund mehr für die Leserinnen, die um den jungen Autor herumstanden, nicht von der Stelle zu weichen. Mitten im Blitzlichtgewitter entdeckte Momme Frau Dobschütz und Frau Leis aus der Schusterviertel-Bücherei und etwas weiter weg neben einer großen Kübelpflanze am Ausgang sogar seine Mathelehrerin, Frau Schroth.

Keiner von ihnen wollte er jetzt gern begegnen.

»Guck mal, da ist ja Schrotti«, bemerkte nun auch Tobias neben ihm mit schlechtem Gewissen. »Sie fragt mich bestimmt gleich wieder, ob ich endlich ihre bescheuerten Textaufgaben verstanden hab!«

»In der Materialausgabe gibt es noch einen zweiten Ausgang«, knurrte der Hausmeister, der plötzlich wieder neben ihnen aufgetaucht war. »Ich lasse euch dort hinaus.«

Ohne eine Antwort abzuwarten, schob er alle drei in den schmalen Gang neben der Garderobe, bis zu einer grauen Tür mit der Aufschrift »Nur für Personal«. Beim Eintreten sah Momme, dass der Raum rechts und links mit deckenhohen Schränken voller Büroartikel bestückt war. Eine Glastür in der Rückfront führte direkt auf einen kleinen, mit Büschen umpflanzten Parkplatz für die Mitarbeiter. Der Hausmeister tappte mit hängenden Schultern voran und hielt ihnen die Tür auf.

»Danke schön, echt nett von Ihnen«, sagte Finja höflich, während sie ins Freie trat. Tobias und Momme folgten ihr.

In diesem Moment passierte es: *Das Auge des Drachen* rutschte wie von selbst unter Mommes Jacke hervor und landete zusammen mit dem Piratenschmöker vor den Füßen des Hausmeisters!

Finja schlug die Hand vor den Mund, Tobias fluchte. Merkwürdigerweise dachte Momme nur einen einzigen Satz: Wenn er die Polizei holt, redet Mama nie wieder ein Wort mit mir!

Der Mann hob die beiden Bücher auf. Nur den schwarzen Band schaute er sich genauer an. Er strich über die Prägung und das Büchereizeichen auf dem Einbandrücken, las mit zusammengekniffenen Augen den Titel und dann ging alles sehr schnell. Statt das erwartete Donnerwetter loszulassen, packte er Momme am Arm.

»Hier herüber«, sagte er barsch und zog ihn zu den Parkplätzen. Völlig überrascht ließ sich Momme mitreißen. Finja und Tobias stolperten blindlings hinter ihrem Freund her. In Gedanken suchten sie hektisch eine Lösung. Wie sollten sie ihm die Situation erklären? Würde er Momme jetzt anzeigen?

In diesem Moment hielt der Mann an einem dunklen Geländewagen und öffnete mit der freien Hand die Heckklappe. Zwei große Hunde sprangen heraus. Momme schnürte der Anblick die Kehle zu. Diese Hunde – das durfte nicht wahr sein!

Der Mann zog ihn weiter zur linken rückwärtigen Autotür. »Steig ein«, sagte er und nun erkannte Momme auch die Stimme. »Dir geschieht nichts, ich möchte mich nur in Ruhe mit dir unterhalten.«

Er drängte Momme ins Wageninnere. Dann wandte er sich an Finja und Tobias, die vor ihm zurückwichen, wegen der Hunde aber nicht flüchten konnten. »Das ist keine Entführung, ihr braucht also nicht zu schreien. Wollt ihr euch dazusetzen?«

Er nahm den lächerlichen Filzhut ab. Langes schwarzes Haar kam darunter hervor.

Mommes Herz klopfte rasend schnell. Wie hatte er sich von einem falschen Bart und falschen Augenbrauen nur so täuschen lassen können! Und gerade heute hatte er sein Handy vergessen!

Tobias sah sich auf dem dämmrigen Parkplatz nach Hilfe um. Niemand war in der Nähe, nur hinter den beleuchteten Fenstern der Bücherei bewegten sich Menschen. Er versuchte zu winken, um ihre Aufmerksamkeit auf sich zu lenken, doch auf der Stelle rückten die Hunde näher.

Finja schlang die Arme um den Bücherhüter, der unter ihrer Weste immer unruhiger wurde.

»Ich fahre nicht mit Fremden«, rief sie. »Behalten Sie das verdammte Zauberbuch da meinetwegen für Ihre satanischen Rituale oder was Sie damit anstellen, aber lassen Sie uns in Ruhe! Hau ab, Momme!«

Finjas laute Stimme holte Momme aus seiner Schockstarre. Er rutschte über die Rückbank und rüttelte heftig am rechten Türgriff, aber der war durch eine Kindersicherung blockiert.

Der verrückte Sammler beobachtete verdutzt das Manöver.

»Satanische Rituale?«, wiederholte er, während er um den Wagen herumging und vor der anderen Autoseite stehen blieb. »Wie kommst du denn darauf?«

Tobias begriff, dass Finjas Attacke aus irgendeinem Grund Erfolg hatte.

»Wir wissen Bescheid über Sie«, kam er ihr zu Hilfe. »Dr. Zelander hat uns alles erzählt!«

Der verrückte Sammler verzog das Gesicht.

»Natürlich, hätte ich mir denken können«, brauste er auf.

Tobias biss sich auf die Lippen, zu gut hatte er noch den letzten Ausbruch in Erinnerung. Atemlos beobachtete er, wie der Mann nun von außen die Seitentür öffnete – und Momme wieder aussteigen ließ.

Sofort lief Momme zu seinen Freunden. Der verrückte Sammler, der ihm langsam folgte, hielt *Das Auge des Drachen* in die Luft.

»Bitte, beantwortet mir nur eine Frage«, sagte er auf einmal mit völlig veränderter Stimme. »Wo habt ihr dieses Buch gefunden? Und war da vielleicht noch jemand ... oder *irgendetwas anderes* in der Nähe?«

Momme warf Tobias und Finja einen verwirrten Blick zu. Der Schreck saß ihm noch in den Gliedern, außerdem schwitzte er und seit einiger Zeit fiel ihm das Schlucken wegen der Halsschmerzen schrecklich schwer. Was redete der Mann da?

Der Sammler lehnte sich mit dem Rücken an die offene Autotür und verschränkte die Arme.

»Ich weiß, ich höre mich völlig verrückt an«, sagte er und wirkte mit einem Mal erschöpft. »Ich erzähle euch jetzt eine Geschichte: Vor vielen Jahren lebte hier in Schwuppstädt ein seltsamer Mann. Er liebte Bücher über alles und sammelte sie in der ganzen Welt. Auf seinen Reisen fand er auch Bücher, die man besser nicht lesen sollte. Damit sie nicht in falsche Hände gerieten, brachte er sie in seine Bibliothek und ließ sie von jemand ganz

Besonderem bewachen. Keiner wusste jedoch, wer das war, denn der Mann hielt ihn verborgen.«

Der verrückte Sammler machte eine Pause und betrachtete seine drei Zuhörer. Finja hatte sich gespannt vorgebeugt, Tobias trat von einem Fuß auf den anderen. Nur Momme sah aus, als begreife er nichts.

Der Mann zupfte an seinem falschen Bart.

»Mit der Zeit wurde bekannt, dass gefährliche Bücher bei dem Mann gut aufgehoben waren«, fuhr er mit seiner Geschichte fort. »Andere Sammler brachten ihm heimlich welche zur Aufbewahrung. Als der Mann starb, wurde das Geheimnis in seiner Familie von Generation zu Generation weitergegeben. Bis eines Tages zwei Brüder das Haus übernehmen sollten und es zum Streit kam. Die zwei Brüder waren nämlich völlig verschieden: Der Ältere, nennen wir ihn Jodokus, liebte Bücher. Der Jüngere fand sie todlangweilig und reiste lieber um die Welt. Jahre vergingen. Dann kehrte der Jüngere eines Tages mit seinem Sohn nach Schwuppstädt zurück und besuchte seinen Bruder. Dem alten Jodokus gefiel sein Neffe, deshalb lud er ihn in den Sommerferien in sein Haus ein. Und in diesen Ferien entdeckte der Junge eines Nachts, wer der geheimnisvolle Helfer seines Onkels war ...«

Der Mann verstummte, weil in diesem Augenblick Finja schrill aufquiekte. Mit einer Hand hielt sie den Ausschnitt ihrer Weste zu. Zu spät! Zappelnd zwängte der Bücherhüter seinen Kopf ins Freie.

»Valentin!«, keckerte er erfreut. »Bist du es wirklich? – Schaff diese hechelnden Biester weg!«

Die Hunde waren beim Anblick des seltsamen Tieres bellend aufgesprungen. Der Mann stutzte kurz, verfrachtete sie aber auf der Stelle in den Gepäckraum seines Wagens. Mit einer heftigen Bewegung riss er seine Verkleidung ab und trat auf Finja zu, die widerwillig den strampelnden Bücherhüter aus ihrer Weste befreite.

Der Mann beugte sich über das Tier, das nun offen in Finjas Armen saß. »Bin ich froh, dass du lebst«, sagte er. »Aber wo hast du Lio gelassen?«

Momme verstand überhaupt nichts mehr, nur dass dieser unheimliche Mann von den Bücherhütern wusste.

»Den kriegen Sie nicht!«, rief er deshalb. »Wir haben ihn vorhin zu Dr. Zelander gebracht!«

Mit einem entsetzten Aufstöhnen verbarg der Mann das Gesicht in den Händen.

Der Bücherhüter fuhr ängstlich zusammen. »Was ist los, Valentin? Was bedeutet das?«

»Dass wir Lio wahrscheinlich nie wiedersehen«, lautete die niederschmetternde Antwort.

Momme verfolgte mit glasigem Blick die seltsame Szene. Sein Gehirn schien nicht mehr zu funktionieren. Finja ging es nicht viel besser.

Tobias behielt als Einziger die Nerven. Mit einem Ruck zog er Finja zur Seite.

»Die ganze Story ist doch oberfaul!«, sagte er zu ihr und stieß Momme kräftig in die Rippen, damit er endlich aufwachte. »Der Typ ist ein Irrer, die denken sich sonst was aus. Lasst uns verschwinden, solange es noch geht!«

Der Fremde hob den Kopf.

»Du bist ganz schön clever«, sagte er halb ärgerlich, halb anerkennend. Er zog eine Geldbörse aus der Hosentasche. Mit einer Hand klappte er das Fach mit dem Personalausweis auf und hielt es den Kindern wortlos hin.

Nach kurzem Zögern traten alle drei einen Schritt vor und lasen den Namen, der dort auf dem nagelneuen, mit einem Fingerabdruck versehenen Dokument stand:

Valentin Alexander Cantimpre.

Nachdem er dann die ganze Wahrheit erfahren hatte, rauschte es einen Moment lang in Mommes Ohren und der Parkplatz begann sich um ihn zu drehen. Beklommen setzte er sich nun doch auf den Rücksitz des Autos und schloss die Augen, bis eine aufheulende Polizeisirene zwei Straßen weiter ihn wieder zu sich brachte.

Der große Mann im schwarzen Mantel war kein Verrückter, sondern der lang gesuchte Erbe von Cantimpres Haus.

Der alte Buchhändler dagegen war tatsächlich ein von schwarzer Magie und Geheimwissenschaften besessener Sammler! Vor Jahren hatte er zum ersten Mal etwas über Bücherhüter gehört, dann war er auf Cantimpres besondere Bibliothek aufmerksam geworden. Und seitdem versuchte er, dessen kostbaren Besitz in seine Hände zu bekommen, weil er ihn für seine seltsamen Zwecke benutzen wollte!

Dr. Zelander hatte Momme und Tobias von Anfang an dreist belogen, mit vorgespielter Freundlichkeit eingewickelt, und wie Idioten waren sie in die Falle getappt!

Diese Erkenntnis war ein verdammt harter Schlag. Tobias kaute immer noch daran und tigerte mit hochgezogenen Schultern auf dem Parkplatz hin und her. Finja dagegen stopfte sich zur Beruhigung zwei Kaugummis auf einmal in den Mund. Dann stieg sie in das immer noch mit offenen Türen dastehende Auto und pflanzte sich neben Momme und Valentin Cantimpre auf den Rücksitz. Eine kleine Falte stand über ihrer Nasenwurzel, mit dem Fuß klopfte sie den Takt zu einer unhörbaren Musik in ihrem Kopf, ein sicheres Zeichen, dass sie über irgendetwas sehr Wichtiges nachdachte.

»Letzte Woche, im *Kabinett Fantastika*, als Sie so sauer waren, da haben Sie also nur nach Ihrem Eigentum gesucht«, stellte Momme zögernd fest. Es fiel ihm schwer, sich mit diesem Gedanken anzufreunden.

»Ich machte mir große Sorgen um meine zwei Freunde«, gab Valentin Cantimpre ein wenig zerknirscht zu und strich dem Bücherhüter über den Kopf, der auf seinem Schoß lag. »Ich dachte anfangs tatsächlich, ihr hättet irgendwie mit Zelander zu tun.«

Finja betrachtete mit kritischem Blick seine langen schwarzen Haare.

»Warum hat der Notar Sie denn eigentlich nicht gefunden?«, wollte sie in strengem Ton wissen.

Valentin Cantimpre lächelte. Er sah dabei plötzlich viel weniger unfreundlich aus. »Ich bin Biologe. Mehrere Jahre lang arbeitete ich an einem Forschungsprojekt mitten im brasilianischen Regenwald. Als ich endlich über die Behörden in Manaus die Nachricht vom Tod meines Onkels erhielt, konnte ich wegen eines Fiebers nicht sofort losreisen. Außerdem hatte ich mir im Forschungscamp den Knöchel gezerrt und es gab Ärger mit den Ausfuhrpapieren für meine Hunde. Noch halb krank kam ich viel zu spät in Schwuppstädt an. Da war das Haus schon leer geräumt. Glücklicherweise übergab der Notar mir mit dem Testament einen Brief meines Onkels, in dem er mich vor Dr. Zelander warnte.«

Valentin Cantimpre zog einen zusammengefalteten Bogen aus seiner Jackentasche und reichte ihn Finja. »Hier, du kannst ihn gerne lesen. Ohne diesen Hinweis hätte ich gar nicht gewusst, wo ich suchen sollte.«

Neugierig entfaltete Finja das Schreiben und auch Momme beugte sich über den Text.

Der zweite Bücherhüter wurde beim Anblick der vertrauten Schrift ganz wehmütig. Sanft legte er seine Pfote auf das zerknitterte Papier.

»Hätte der alte Jodokus doch bloß früher etwas davon gesagt, dann wäre Lio jetzt noch frei«, sagte er traurig. »Nun ja, aber er war eben schon ziemlich krank und wunderlich. Über die Welt außerhalb der Bibliothek hat er nie mit uns gesprochen.« Plötzlich fiel ihm noch etwas anderes ein. »Ist dieser Dr. Zelander klein, fast kahl und trägt eine runde Brille?«

Momme und Finja hoben die Köpfe und nickten.

Der Bücherhüter wackelte mit seinen Pinselohren.

»Er hätte mich beinahe auch erwischt!«, zischte er erschrocken. »Nachdem die Möbelpacker mit Lio verschwunden waren und ich nach ein paar Tagen begriff, dass er nicht zurückkommen würde, hinterließ ich eine Nachricht und verließ die Villa. Kurz vor dem Tor packte mich ein Mann und brachte mich in einem dunklen Kasten an einen anderen Ort. Beim Ausladen konnte ich fliehen, zum Glück fand ich ganz in der Nähe Unterschlupf in der Bücherei.« Das Tier bleckte sein messerscharfes Gebiss. »Bücherhüter beißen nur im äußersten Notfall.

Aber dieser Mann hat von mir ein Andenken bekommen, das er nie vergessen wird.«

»Jetzt verstehe ich, warum Zelander bei unserem ersten Treffen einen Verband an der Hand trug!«, rief Momme und rieb seine heiße Stirn. Er musste sich große Mühe geben, den Erklärungen zu folgen. Doch es machte tatsächlich alles Sinn. Gleichzeitig war es eine absolute Katastrophe!

Tobias unterbrach seine einsame Wanderschaft auf dem dunklen Parkplatz und baute sich vor dem offenen Auto auf.

»Wir müssen Lio zurückholen«, brachte er das Problem auf den Punkt.

Valentin Cantimpre lachte freudlos. »Wie willst du das anstellen?«

Tobias ballte die Fäuste.

»Zelander überrumpeln«, sagte er. »Wir haben vorhin sowieso angekündigt, dass wir noch mal wiederkommen. Wir gehen jetzt sofort in den Laden, schnappen uns Lio und nehmen ihn einfach wieder mit!«

Valentin Cantimpre sah nicht überzeugt aus, Finja und Momme hielten ebenfalls nichts von der Idee. Weil der zweite Bücherhüter sie aber verzweifelt bat, es doch wenigstens zu versuchen, brachen sie schließlich alle zusammen auf. Bevor sie losfuhren, entriegelte Valentin Cantimpre vorsorglich in seinem Auto die Kindersicherung.

»Ich möchte keinen Ärger mit deiner Mutter«, sagte er zu Momme. »Du kannst jederzeit aussteigen.«

Hinten auf dem Rücksitz zog Tobias das Lexikon und den Comic unter seiner Kleidung hervor. Sie hatten zwar alles mit angehört, waren aber viel zu erschöpft, um mitzureden. Ein bisschen ungeschickt verstaute er sie zusammen mit den übrigen zwei Bänden in seinem Rucksack.

»Alter, pass doch auf!«, beschwerte sich der Comic, als das dicke Lexikon auf sein kaputtes Deckblatt rutschte.

Der Piratenschmöker stöhnte vor Schmerz. »Runter von meinem Einband, du Pottwal! Ich glaube, das ist meine letzte Kaperfahrt gewesen. Ich werde nie wieder aufrecht im Regal stehen können!«

Valentin Cantimpre schaute überrascht über die Schulter. »Hallo, wer ist denn das nun wieder?«

Während Finja ihm die drei mutigen Undercoveragenten vorstellte, versuchte Tobias, es ihnen etwas bequemer zu machen.

Der zweite Bücherhüter erinnerte sich bei dieser Gelegenheit an seine eigentliche Aufgabe.

»Sobald wir wieder in Cantimpres Villa sind, werde ich euch reparieren«, versprach er.

Momme lehnte sich in die Polster zurück. Er fand es merkwürdig, so friedlich mit Valentin Cantimpre in dem schwarzen Auto zu sitzen. Noch vor ein paar Tagen war er völlig panisch vor ihm davongelaufen. Wie er nun wusste, hatte Cantimpre ihn nur verfolgt, weil er hoffte, dass Momme ihn irgendwie auf die Spur der Bücherhüter führte. Einen hatte Cantimpre ja auf diese Weise tatsächlich ausfindig gemacht. Doch bevor er ihn wirklich retten konnte, wurde die Kinderbuchabteilung geschlossen. Weil nur noch Angestellte sie betreten durften, hatte Valentin Cantimpre sich heute als Hausmeister eingeschlichen – und dann war ihm das IQ-Team zuvorgekommen.

Momme sah aus dem Fenster und erkannte die Gegend rund um den Ringwall wieder. Valentin Cantimpre hielt in einer Toreinfahrt, hundert Meter vom *Kabinett Fantastika* entfernt.

»Bitte seid vorsichtig«, mahnte er, als sie ausstiegen. Er schaute auf seine Uhr. »Es ist jetzt kurz nach sechs. Wenn ihr in einer Viertelstunde nicht wieder draußen seid, komme ich nach, klar?«

Finja kicherte bei diesem Spruch nervös los, hörte aber sofort auf, als sie sah, dass er es ernst meinte. Momme rieb seine schwitzigen Hände an der Hose, er fühlte sich alles andere als mutig.

Schnell liefen die drei die kurze Strecke zu Zelanders Laden hinüber. Doch obwohl auf den Straßen rundherum noch viele Leute unterwegs waren, hatte das *Kabinett Fantastika* schon geschlossen. Das Türgitter vor dem Eingang war heruntergelassen, das Schaufenster unbeleuchtet.

Tobias drückte die Nase am Schaufenster platt. Im Durchgang zu den hinteren Räumen schimmerte ein schwacher Lichtschein. »Er ist hundertprozentig da drin«, sagte er. Heftig hämmerte er an die Scheibe. »He, Herr Zelander, lassen Sie uns rein!«

Nach kurzem Zögern begannen auch Finja und Momme zu klopfen. Einige vorübergehende Passanten blieben kopfschüttelnd stehen und machten erstaunte Bemerkungen.

Der Lärm hatte Erfolg. Eine kleine Gestalt trat in den Verkaufsraum.

»Weiterhämmern!«, befahl Tobias. »Dann macht er vielleicht auf.«

Ein paar Minuten später öffnete sich tatsächlich ein Stück die Ladentür, das Gitter blieb jedoch nach wie vor unten. Dr. Zelanders Kopf mit dem wirren Haar und der runden Brille lugte heraus. »Was soll der Lärm?«, fuhr er die Kinder an.

Momme schluckte mühsam.

»Wir waren doch verabredet«, sagte er, wobei er sich umschaute, ob jemand zuhörte. Er wartete, bis eine ältere Frau mit einem Pudel vorbeigegangen war. »Sie wissen schon, warum ... Dürfen wir reinkommen?«

Dr. Zelander betrachtete Momme, als sei er ein lästiges Insekt. »Ich habe keine Ahnung, wovon du redest.«

Tobias trat näher an das Gitter heran.

»Na, wovon wohl? Von dem Tier, das wir ihnen gebracht haben. Dem Bücherhüter natürlich!«

Ein mitleidiges Lächeln erschien auf Dr. Zelanders Gesicht.

»Mein lieber Junge, ich glaube, du hast zu viele schlechte Gruselgeschichten gelesen. Bücherhüter, hahaha – nein, wie absurd. Komm morgen zur Geschäftszeit wieder, dann zeige ich dir gerne etwas anspruchsvollere Literatur. Guten Abend!«

Energisch schloss der alte Mann die Tür und schob von innen einen Riegel vor.

Einen Moment lang stand das IQ-Team sprachlos da. Außer sich vor Wut, rüttelte Tobias an den Gitterstäben.

»Der hält uns wirklich für blöd!« Er drehte sich zu Momme um. »Kann deine Mutter nicht die Polizei herholen und den Laden durchsuchen lassen?«

Momme zog seinen aufgebrachten Freund am Arm vom Hauseingang weg. »Und mit welcher Begründung? Gefährliche Geiselnahme eines Bücherhüters?«

Finja holte ihren Kaugummi aus dem Mund und klebte ihn mitten auf Dr. Zelanders Türschild. Mit großen Schritten stiefelte sie neben den beiden Jungen auf Cantimpres Auto zu.

»Stimmt leider, wir können nicht mal den Tierschutzverein alarmieren!«, gab sie Momme widerwillig recht. »Ich mag gar nicht daran denken, was er jetzt mit Lio macht! Ich hab's euch ja gesagt: Ich fand den Mann und seinen Laden gleich auf den ersten Blick seltsam. Aber typisch Jungs, ihr guckt nie genau hin und richtig zuhören könnt ihr auch nicht ...«

Die Bemerkung hätte sich Finja lieber verkneifen sollen. Tobias reagierte wie ein gereizter Stier.

»Was hätten wir denn bitte sonst tun sollen, Miss Superschlau?«, schoss er zurück. »Überhaupt ist das eigentlich alles viel eher deine Schuld! Wenn du, statt das ganze Wochenende dein blödes Kanu zu putzen, mir bei der Bewachung von Lio geholfen hättest, hätten die *Desperados* uns nicht plattgemacht und Lio könnte noch in Hestermanns Hütte wohnen!«

Finja blieb mitten auf dem Bürgersteig stehen. »Das ist

nicht wahr!« Sie funkelte Tobias und Momme an. »Wenn ihr zwei, statt euch zu prügeln, öfter mal nachdenken würdet, *dann* wäre das alles nicht passiert! Die dumpfen *Desperados* gegen die Ermittlerpfeifen vom IQ-Team!« Sie schnaubte höhnisch. »Ist doch alles Kindergartenkram!«

Sie drehte sich auf dem Absatz um und marschierte zu Cantimpres Auto weiter. Mit letzter Energie schaffte Momme es, dass Tobias ruhig mit ihm in den Wagen stieg und halbwegs vernünftig von der fehlgeschlagenen Aktion erzählte.

Allen war klar, was Dr. Zelanders Verhalten bedeutete: Lio war ab jetzt sein Gefangener.

Der zweite Bücherhüter fiel vor Kummer augenblicklich in sich zusammen. Selbst die Tatsache, dass Valentin Cantimpre ihn nun wieder in sein altes Zuhause brachte, konnte ihn nicht trösten.

Das IQ-Team, das Valentin Cantimpre auf dem Weg dorthin netterweise noch im Schusterviertel absetzte, trennte sich mies gelaunt. Finja warf ihre Haare zurück und ging ohne einen Gruß, Tobias nuschelte ein mattes »Bis morgen!«. Momme war der Einzige, der sich für die Fahrt bedankte, obwohl er inzwischen richtig heiser war und kaum noch ein Wort herausbrachte.

Valentin Cantimpre lächelte ihm zu.

»Du wirst besser erst mal gesund«, sagte er, als Momme ausstieg.

Der Bücherhüter rief ihm vom Rücksitz hinterher: »Ich kümmere mich um deine Bücher. Komm uns bald in der Villa besuchen!«

Zu Hause angekommen, stieg Momme wie ein alter Mann die vier Treppen hoch.

Frau Beer öffnete auf sein Klingeln.

»Hallo, Mama«, krächzte Momme. Viel mehr brauchte er nicht zu sagen. Ein Blick in seine unnatürlich glänzenden Augen, ein Griff an seine heiße Stirn genügten seiner Mutter, um ihn auf der Stelle ins Bett zu schicken.

Dort blieb Momme auch die nächste Zeit. Eine Woche verging, ehe er überhaupt wieder ans Aufstehen denken durfte. Zwei Nächte lang hatte er so hohes Fieber, dass er sich mit hochrotem Kopf unruhig in den Kissen wälzte. Weil er dabei von Drachenaugen und satanischen Buchhändlern faselte, rief seine Mutter schließlich den Kinderarzt, der Momme seit Jahren kannte. Dr. Fabian diagnostizierte einen schweren Fall von Wintergrippe und verordnete ein Antibiotikum und strenge Bettruhe. Der scheußlich schmeckende Saft, den Momme von da an dreimal am Tag nehmen musste, half jedoch. Das

Fieber sank und die Halsschmerzen verschwanden auch. Trotzdem fühlte sich Momme noch schrecklich schlapp, hatte nicht mal Lust, eine CD zu hören oder mit Kati ein Spiel zu spielen. Meistens lag er mit geschlossenen Augen dösend in seinem Zimmer oder starrte auf die klaffende Lücke in seinem Bücherregal. Immer dachte er dann sofort an das IQ-Team und den Bücherhüter-Fall: Wie ging es Lio? Was plante der unheimliche Dr. Zelander? Und die schlimmste Frage von allen: War er, Momme, tatsächlich so ein schlechter, lächerlicher Detektiv, weil er den Mann total falsch eingeschätzt hatte?

(Und wieso war Finja das nicht passiert?)

An dieser Stelle bekam Momme regelmäßig Kopfschmerzen.

Als er eigentlich nur noch an tödlicher Langeweile litt, kam endlich Besuch: Eines Nachmittags klopfte Frau Beer an Mommes Tür und ließ mit einem seltsamen Lächeln Finja in sein Zimmer.

Momme, der seinen ältesten Jogginganzug mit einem ausgeblichenen Comicmotiv trug, sprang hastig auf. Hätte ihn seine Mutter nicht vorwarnen können?

Aber Finja schien nichts zu bemerken. Sie setzte sich etwas verlegen in seinen Sitzsack und fragte Momme nach seiner Krankheit aus.

»Deine Mutter sagt, du kommst morgen wieder in die Schule«, sagte sie. »Sie ist echt cool. Deine Mutter, meine ich.«

Momme murmelte etwas, gleichzeitig überlegte er beunruhigt, worüber die zwei wohl noch gesprochen hatten. »Und, was hast du in der Zwischenzeit so gemacht?«, fragte er, um das Thema zu wechseln.

Finja nestelte an ihrem MP3-Player herum. »Die Hütte weiter aufgeräumt, dem alten Hestermann von dem gesunkenen Boot erzählt und mit den *Desperados* über Lios Buch verhandelt«, sagte sie einfach.

Momme vergaß schlagartig sein peinliches Outfit und rutschte näher. »Echt? Und was ist dabei herausgekommen?«

Finja senkte den Kopf. »Nichts Gutes. Hestermann ist stinksauer auf uns, wir haben ab sofort Hüttenverbot. Und Big Mäx hat mich ausgelacht, als ich sagte, er soll das Buch wenigstens seinem wahren Besitzer, also Cantimpre, zurückgeben.«

Sie schaute Momme offen ins Gesicht. »Du siehst, ich hab's auch nicht besser hingekriegt. Hast du eine Idee, wie es weitergehen soll? Wir können doch nicht einfach aufgeben. Tut mir übrigens leid, was ich dir vor dem Buchladen an den Kopf geworfen hab.«

Momme wurde ein bisschen rot und das war absolut kein Fieber. Er fühlte sich eigentlich plötzlich ziemlich gesund. »Ich werd mal drüber nachdenken«, sagte er so cool wie möglich. »Treffpunkt morgen im Fahrradkeller?« Dann bemerkte er die alberne Polizeisprache und wurde gleich noch mal rot.

Finja lächelte nur und klatschte ihn mit einem High-Five ab. »Klaro«, sagte sie, während sie aufstand. »Ich muss dann mal wieder, Schrotti hat uns heute einen Extrazettel mit Textaufgaben verpasst.«

Sie riss schwungvoll die Tür auf, was prompt Kati zu Fall brachte, die wieder mal neugierig gelauscht hatte.

Momme beschimpfte seine heulende Schwester und blieb dann minutenlang verblüfft auf seinem Bett sitzen.

Als wäre es damit noch nicht genug, trudelte wenig später auch Tobias bei ihm ein, randvoll mit weiteren Neuigkeiten.

»Hi, altes Sackgesicht!«, rief er, wobei er Momme seinen Rucksack zuwarf. »Guck mal, was ich dir mitgebracht habe: alles wie neu.«

Staunend zog Momme seine drei alten Freunde hervor. Der zweite Bücherhüter hatte ganze Arbeit geleistet: Die zerfetzten Seiten des Comics hatte er sorgfältig zusammengeklebt und in Folie verpackt. Sogar die tiefen Kerben im Buchdeckel des Piratenschmökers waren geglättet und zur Sicherheit von innen noch mit festem Karton versteift.

»Fühlt sich an wie ein prima Holzbein«, dröhnte der Piratenschmöker Momme unternehmungslustig entgegen. »Damit ziehe ich Zelander so richtig eins über den Schädel, wenn ich ihn treffe!«

Das Lexikon schwenkte sein Lesebändchen. »Ausnahmsweise habe ich nichts dagegen«, näselte es. »Trotzdem wäre es mir lieber, wenn wir diesen fanatischen Sammler nicht mit roher Gewalt, sondern mit den Waffen des Geistes schlagen könnten.«

Momme setzte sich aufrecht hin. »Sag mal, hab ich irgendetwas Wichtiges verpasst?«

Tobias grinste und zauberte einen kleinen USB-Speicherstick aus seiner Jackentasche. »Das IQ-Team liegt am Boden, ist aber noch nicht tot. Hier sind alle entscheidenden Daten drauf. Lass mich mal an deinen Computer.«

Gespannt überflog Momme wenig später am Bildschirm das Überwachungsprotokoll, das Tobias erstellt hatte. Der hatte in den letzten zehn Tagen nicht nur Valentin Cantimpre in der Villa besucht und sich mit ihm angefreundet, sondern auch so viel wie möglich über Dr. Zelander ausgekundschaftet: seine Essensgewohnheiten, seine Automarke plus genaues Kennzeichen, sogar den Hinterhof vom *Kabinett Fantastika*. Wie Momme längst vermutete, hatte der Buchhändler Lio in sein Lager, das ehemalige Stadtgefängnis, gesperrt. In einem halsbrecherischen Kletterakt war Tobias auf einer herumliegenden Leiter sogar bis zu einem der vergitterten Fenster hinaufgestiegen.

»Lio hängt in einem alten Einkaufsnetz von der Decke und hat seit Tagen nichts gefressen«, berichtete er Momme empört. »Lange hält er das nicht mehr aus. Wir brauchen unbedingt den Schlüssel, du weißt doch, der Alte trägt ihn an einer Kette um den Hals. Leider geht er kaum noch aus dem Haus, das Geschäft ist geschlossen. Wir müssen ihn also irgendwie aus seinem Bau locken, um Lio zu befreien. Aber wie?«

»Ja, darüber hab ich mit Finja auch schon nachgedacht«, murmelte Momme.

Tobias verzog bei diesem Namen das Gesicht. »Die war hier?«

Momme puffte ihn in die Seite. »Hey, sei nicht so nachtragend. Sie hat sich bei mir entschuldigt.«

Der Piratenschmöker auf Mommes Knien schlug sich plötzlich ganz von selbst an einer bestimmten Stelle auf.

»Wegen einer fetten Beute ist schon so mancher Pirat in einen Hinterhalt geraten«, brummte er. »Hier, schau nach, was Captain Blackbeard auf Seite 105 vor Jamaica passiert!«

Tobias guckte zweifelnd, aber Momme las aufmerksam den betreffenden Absatz. Nachdenklich klappte er das Buch wieder zu. Was hatte Finja noch übers genaue Zuhören und Beobachten gesagt?

Der Satz von Dr. Zelander, den er bei ihrer ersten Begegnung ausgesprochen hatte, fiel ihm wieder ein: *Für dieses Buch würde mancher Sammler töten.*

Damit hatte er die Lebensgeschichte der Bücherhüter gemeint, die Lio von Anfang an so verzweifelt beschützt hatte und die nun leider die *Desperados* besaßen.

Nur, wusste Dr. Zelander das denn? Nein. Man musste ihm also nur ein bisschen Theater vorspielen.

Momme sprang auf und begann, zwischen Orangenschalen, Hustenbonbons und CD-ROM-Stapeln sein Handy zu suchen. »Ja, genau so machen wir es«, sagte er, wobei er Tobias' Hand wegwischte, der an seiner Stirn herumtastete. »Hör auf, mir geht's echt gut. Hol lieber schon mal den Sprengstoff aus Hestermanns Hütte.«

Die alte Villa wirkte am nächsten Tag noch genauso unheimlich wie bei Mommes erstem Besuch vor mehreren Wochen. Nichts hatte sich auf dem überwucherten Gelände getan, obwohl Valentin Cantimpre längst eingezogen war. Er bewohnte eigentlich nur ein kleines Hinterzimmer. Hartnäckig versuchte er, bei Hugo Schmalfuß' Entrümpelungsfirma noch ein paar Möbel seines Onkels Jodokus ausfindig zu machen. Bisher waren aber nur einige Familienporträts und eher nutzlose Stücke wie ein antiker Kaminschirm wieder aufgetaucht. Die standen nun mit Bettlaken verhüllt in der Eingangshalle herum.

Gleichzeitig bemühte sich Valentin Cantimpre mithilfe des zerknirschten Notars, die überall in Schwuppstädt verstreuten Bücher seines Onkels zurückzufordern. All das brauchte sehr viel Zeit, sodass der frischgebackene Erbe bei Mommes erstem Besuch immer noch mit Schlafsack und Luftmatratze wie in einem Urwaldcamp lebte. Trotzdem öffnete er dem IQ-Team gut gelaunt die efeuumrankte Eingangstür.

»Diesmal werfe ich euch nicht gleich wieder hinaus«, sagte er schmunzelnd, als er Momme durch den großzügigen Empfangsraum führte.

Momme verrenkte sich neugierig den Hals, während er hinter ihm her wanderte. Das Haus wirkte innen zwar weniger bedrohlich, hätte aber trotzdem gut in jedem Spukfilm als Kulisse dienen können. Es gab unzählige staubige Zimmer und allein der Turm, den Valentin Cantimpre wegen der baufälligen Treppe verschlossen hatte, war sicher ein wahres Gespensterparadies. Überall wehten von den hohen Stuckdecken Spinnweben in der Zugluft. Verblichene Stofftapeten schimmelten vor sich hin, und weil die meisten Lampen fehlten, schienen in den dunklen Ecken tausend Schatten zu lauern.

Die schwere Doppelflügeltür mit dem aufgemalten Drachenkopf, die Valentin Cantimpre schließlich am Ende des Empfangsraumes aufstieß, schwang knarrend in ihren Angeln. »Tretet ein«, sagte er einladend.

Jodokus Cantimpres ehemalige Bibliothek war immer noch ein beeindruckender Raum. Die dunkle Holzvertäfelung mit den fest eingebauten Regalen bedeckte alle Zimmerwände, selbst rund um die vergitterten Fenster zum Garten. Über eine Wendeltreppe rechts neben der Tür erreichte man die Galerie. Deren hölzerne Balustrade war mit kunstvoll geschnitzten Fabelwesen verziert. Momme blieb unwillkürlich stehen und auch Finja entschlüpfte ein bewunderndes »Oh!«.

Ihre Schritte knarrten laut auf dem abgenutzten, rissigen Holzparkett, denn es gab sonst nur sehr wenige Möbel. Der einzige, mit schwarzem Leder bezogene Sessel war offenbar der Stammplatz des Bücherhüters. Auf einem Kissen zusammengerollt schlief er tief, sprang jedoch sofort auf, als er das IQ-Team sah. Er war noch etwas dicker geworden, wirkte aber unglücklich.

»Ich freue mich, euch zu sehen«, zischte er und zeigte auf ein abgeschabtes rotes Samtsofa. »Es ist nicht sehr komfortabel hier. Wie ich höre, habt ihr die Hoffnung nicht aufgegeben.«

Finja nickte und zog fröstelnd die Schultern hoch. Cantimpre reichte ihr eine Decke, während Tobias, der sich im Haus schon gut auskannte, ganz selbstverständlich einige Kerzen anzündete.

Für Mommes Plan, über den sie nun auf dem roten Samtsofa Kriegsrat hielten, war das immer noch unbewohnt wirkende Haus ein idealer Ort. Doch Valentin hielt das Risiko für zu hoch.

»Nein, ihr habt schon genug getan«, sagte er, während er energisch auf einen alten Globus klopfte. »Das ist viel zu gefährlich! Was ist, wenn es schiefgeht und dieser Wahnsinnige euch in die Finger bekommt?«

Momme ließ jedoch nicht locker und auch Tobias fand, dass die Sache einen Versuch wert war. Als der Bücherhüter schließlich vorschlug, im äußersten Notfall die zwei Hunde von der Leine zu lassen, willigte Valentin ein.

»Ich halte sie zwar für unberechenbar«, zischte der Bücherhüter und betrachtete Diogo und Mafalda, die harmlos rechts und links vor dem Sofa lagen. »Aber ehe dieser Zelander einem von euch etwas antut, sollen sie lieber in der Nähe bleiben.«

Finja räusperte sich. »Gut. Wer von uns ruft ihn an?«

Momme zückte sein Handy.

»Ich«, sagte er mit fester Stimme. »Und ich wette um eine Kiste Chips, dass er anbeißt.«

Damit sollte er recht behalten. Zuerst wollte Dr. Zelander gleich wieder auflegen. Sobald er jedoch begriff, was ihm Momme anbot, konnte Momme die Gier in seiner

Stimme förmlich hören. »Was sagst du da? Du hast die Lebensgeschichte der Bücherhüter gefunden? Wo?«

Momme lächelte in die Runde und machte das Siegeszeichen. »Genau da, wo ich auch den Bücherhüter entdeckt habe«, spielte er mit engelhafter Stimme die Rolle des braven Strebers weiter. »In Cantimpres Villa. Die steht ja immer noch leer. Bitte, Herr Dr. Zelander, können wir nicht tauschen: Sie geben mir den Bücherhüter, dafür bekommen Sie das Buch?«

Eine Weile hörte Momme Dr. Zelander nur ins Telefon husten.

»Na gut. Und wann soll dieser Tausch stattfinden?«, sagte er dann mit falscher Freundlichkeit.

Mommes Gesicht wurde ernst. »Um siebzehn Uhr. Die Tür steht offen.« Fast hätte er noch gesagt: »Und keine Tricks!«, ehe er das Handy ausschaltete. Das verkniff er sich, weil es völlig sinnlos war. Er wusste inzwischen genau, dass man Dr. Zelander nicht trauen konnte.

Um siebzehn Uhr waren alle auf ihren Posten. Valentin Cantimpre hatte sein Auto weggefahren und auch sonst sämtliche Spuren seiner Anwesenheit entfernt. Nun stand er gleich vorne an der Garderobe mit den zwei angeleinten Hunden hinter dem Kaminschirm aus Metall verborgen, in der Hand einen starken Handscheinwerfer.

Das ganze Haus lag in gespenstischer Dunkelheit. Nur eine Reihe brennender Kerzen auf dem Fußboden wies wie ein leuchtender Hinweispfeil den Weg zur weit geöffneten Bibliothekstür.

Eine halbe Stunde geschah überhaupt nichts. Schwacher Wind blies durch die offene Haustür welke Blätter ins Haus und löschte die Kerzen aus. Nachdem Momme sie zum dritten Mal wieder angezündet hatte, wurde er unruhig. Spielte Dr. Zelander sein Spiel nicht mit?

Gerade als er sich mit Valentin und Tobias beriet, näherte sich draußen ein Auto.

»VW-Transporter Typ 4, Baujahr 1996, 1,2 Liter Dieselmotor«, wisperte Tobias Momme ins Ohr. »Das ist er!«

Beide flitzten in die stockfinstere Bibliothek zurück und auf die Galerie hinauf. Schritte erklangen auf den Steinstufen, dann trat jemand ein. Momme konnte durch die Streben der Balustrade direkt zum Eingang hinüberschauen. Er hielt den Atem an. Dr. Zelander war unschlüssig vor den Kerzen stehen geblieben. Er trug eine kleine Tiertransportkiste in der Hand. Hatte er tatsächlich Lio dabei?

Zögernd ging der Mann ein paar Schritte weiter.

»Stellen Sie bitte die Kiste ab und gehen Sie bis zur ersten Kerze zurück!«

Finjas sanfte Stimme schien von überall her und nirgends zu kommen.

Dr. Zelander ruckte irritiert an seiner Brille. »Momme?«, fragte er ärgerlich in die Dunkelheit. »Was soll der Unsinn? Wo ist das Buch?«

»Schon unterwegs zu Ihnen«, hauchte Finja beschwörend. Sie saß hinter Dr. Zelander in einem hinter der Tapete verborgenen Wandschrank.

Surrend fuhr jetzt ein ferngesteuertes Spielzeugauto mit einem dicken Buch auf der Ladefläche aus der Bibliothek hinaus.

Dr. Zelander zuckte überrascht zusammen, gehorchte dann aber. Achtlos ließ er die Transportkiste neben sich auf den Boden plumpsen. Heftiges Geraschel deutete darauf hin, dass sich wirklich ein Tier darin befand!

Der zweite Bücherhüter, der neben Momme von der Galerie aus alles beobachtete, begann zu zittern.

Momme legte ihm beruhigend die Hand auf den Rücken. »Warte noch!«, flüsterte er leise.

Der ungewöhnliche Buchtransport kam an der letzten Kerze zum Stehen.

Langsam bückte sich Dr. Zelander und streckte seine Hände danach aus.

Tobias oben auf der Galerie schloss Daumen und Zeigefinger fest um den Rückwärtsgang der Fernbedienung. Momme zückte sein Sturmfeuerzeug und die lange gehüteten Silvesterkracher. Valentin Cantimpre hob erwartungsvoll die Lampe, um sie auf Zelanders Gesicht zu richten. Finja machte sich bereit, um wie besprochen dem geblendeten Mann die Kette mit dem Schlüssel abzunehmen.

In diesem Moment stürmte laut durcheinanderredend eine wilde Horde draußen durch den Garten heran.

»Wir sind richtig, Leute«, grölte eine bekannte Stimme. »Can-tim-pre, Lichtenthaler Gehölz 127 – die Adresse, die hier vorne in dem alten Schmöker von Momme steht, stimmt tatsächlich! Ich hoffe, der Besitzer wird sich freuen, dass er das Ding von mir wiederkriegt! Hey, es ist offen!«

Ahnungslos polterte Big Mäx mit seinen *Desperados* in die Villa hinein. Lios kostbares Buch trug er wie einen gerade gewonnenen Fußballpokal stolz vor sich her.

Dr. Zelander fuhr verblüfft herum. Big Mäx stutzte kurz wegen der sonderbaren Beleuchtung und spärlichen Einrichtung, trampelte aber mutig auf den kleinen fremden Mann zu.

»Sie sind bestimmt Herr Cantimpre«, sagte er mit grässlich falscher Betonung. »Ich heiße Max Block. Ich hab das hier ganz zufällig neulich entdeckt, in einer Hütte am Fluss ... Gibt's dafür vielleicht einen Finderlohn?« Er hielt ihm das Buch hin. Die verschlungenen goldenen Buchstaben auf dem Einband leuchteten plötzlich auf.

Dr. Zelander schaute Big Mäx an wie einen Geist. Und dann brach in der Villa die Hölle los.

Ehe der alte Mann nach dem Buch greifen konnte, sprang Finja aus dem Wandschrank, schubste Marvin und Paul beiseite und schnappte Big Mäx den Band aus der Hand. Gleichzeitig flogen mit heulendem Pfeifton die ersten Silvesterböller aus der Bibliothek und zerplatzten donnernd auf dem Parkettfußboden der Halle. Das war selbst für die gut dressierten Hunde zu viel: Unter lautem Gebell rissen sie Valentin Cantimpre die Leinen aus der Hand und sprangen hinter dem Wandschirm hervor.

»Hilfe!«, kreischte Big Mäx.

»Diogo, Mafalda, hierher!«, rief Valentin Cantimpre und stürmte hinterher, um die Leinen zu packen. Erschrocken wich der Buchhändler vor ihm zurück. Aber der Fluchtweg war versperrt, denn die *Desperados* um ihn herum rempelten sich in heller Panik gegenseitig zu Boden. Marvin, Paul und Darius stürmten wie aufgescheuchte Kaninchen in den Garten hinaus, die bellenden Hunde hinterher. Doch ehe auch Dr. Zelander und Big Mäx ihnen folgen konnten, warf Finja geistesgegenwärtig die Haustür zu. Krachend fiel sie ins Schloss, durch den Luftzug erloschen alle Kerzen und es wurde schlagartig vollständig finster im Haus.

»Valentin, wir brauchen Licht!«, schrie Tobias oben von der Galerie. Verzweifelt versuchte er das ferngesteuerte Auto aus der Gefahrenzone zu bringen. Währenddessen hetzten Momme und der zweite Bücherhüter auf die Transportkiste zu und schauten durch das vergitterte Fensterchen. In der Kiste saß nur eine schwarze Katze!

Im selben Moment schrie Finja auf.

Momme stolperte blindlings voran, fiel fast über das sinnlos herumkurvende Spielzeugauto. »Was ist los, Finja?«

»Bitte, ich möchte jetzt gehen!«, bettelte Big Mäx von irgendwo her.

Endlich flammte Valentin Cantimpres Handscheinwerfer auf. Suchend glitt der weiße Lichtkegel durch den Raum, bis er an der Gestalt des Buchhändlers hängen blieb: Böse lächelnd stand er da mit der Hand an der Haustürklinke, Lios Buch fest umklammert. Finja hielt sich mit schmerzverzerrtem Gesicht ihren rechten Arm.

»Dieses Werk ist nicht für Kinder bestimmt«, sagte

Dr. Zelander mit seltsamer Stimme. »Nur für echte Sammler.«

»Unsinn«, zischte der zweite Bücherhüter und trat in den Lichtkegel. Seine gelben Augen glühten. Wütend peitschte er seinen Quastenschwanz durch die Luft. »Sammler wie Sie dürften überhaupt gar keine Bücher besitzen!«

Dr. Zelander schaute mit aufgerissenen Augen das Tier an.

»Wie ... wie kommst du hierher ...«, stotterte er völlig aus dem Konzept gebracht. Hastig fuhr er mit der Hand unter seine Kleidung und zog die Kette mit dem Schlüssel heraus.

Plötzlich begriff Momme. Dr. Zelander wusste nicht, dass es *zwei* Bücherhüter gab! Deshalb dachte er, jemand habe auf irgendeine Weise Lio befreit!

Ohne zu zögern, lief Momme auf den Mann zu, entriss ihm die Brille und das Buch und zog mit einem Ruck die Kette über seinen Kopf.

Verstört kniff der Buchhändler die Augen zusammen. Dann wagte er einen letzten Fluchtversuch und öffnete die Haustür. Schwanzwedelnd empfingen ihn auf der Schwelle Diogo und Mafalda.

Da war Valentin Cantimpre aber schon an seiner Seite und packte den Mann mit eisernem Griff am Arm.

»Nicht so schnell, Herr Zelander«, sagte er grimmig, während die Hunde ihn jaulend umsprangen. »Bleiben Sie doch noch ein bisschen unser Gast!«

Dicht umringt von Momme, Finja und Tobias, wanderte der kleine Trupp in die Bibliothek.

Kaum war der Weg frei, kroch Big Mäx hinter einem der zugehängten großen Bilder hervor und rannte wie ein fetter Kugelblitz davon.

Dr. Zelander musste nicht lange eingesperrt hinter der fest verschlossenen Bibliothekstür büßen. Valentin Cantimpre und Tobias fuhren wie der Teufel mit dem erbeuteten Schlüssel zum *Kabinett Fantastika*, um Lio zu befreien. Schon nach einer halben Stunde waren sie wieder zurück, sehnsüchtig von Finja und Momme erwartet, die währenddessen Wache hielten. Doch bevor Valentin Cantimpre Lio endlich ins Haus ließ, geleitete er mit dem IQ-Team Zelander zu seinem VW-Bus, sicher war sicher.

Der Buchhändler sah allerdings überhaupt nicht mehr gefährlich aus, nur sehr alt und verwirrt.

»Ich werde die Mächte der Erde und der Finsternis über euch bringen«, murmelte er beschwörend auf dem Weg zum Gartentor vor sich hin.

Tobias tippte sich nur kopfschüttelnd an die Stirn.

Mitleid musste man trotzdem nicht mit Zelander haben, fand Finja. Die kleine schwarze Katze in der Transportkiste, mit der er sie beschwindelt hatte, ließ der Buchhändler nämlich einfach zurück!

»Was soll ich damit?«, erklärte er mit hässlichem Lachen, während er seine Brille wieder aufsetzte und die Kette mit dem Schlüssel entgegennahm.

Finja überlegte sofort, wer aus ihrer Tierschützer-AG einspringen konnte.

Alle waren froh, als der weiße Bus endlich knatternd in der Ferne verschwand.

»Ich hoffe, den sehe ich nie wieder«, sagte Momme mit einem tiefen Seufzer und schloss mit Valentin Cantimpre das Tor. »Meinen Sie, dass die Bücherhüter in Zukunft vor ihm sicher sind?«

»Wer weiß«, sagte Valentin und hob Lio aus seinem Geländewagen.

Das Wiedersehen war laut, stürmisch – und voller Überraschungen.

Obwohl Lio vor Hunger ziemlich schwach war und nur unsicher auf seinen vier Pfoten stand, wollte er unbedingt ohne Hilfe in die Villa laufen.

Langsam folgten ihm alle zum Eingang, Tobias beleuchtete mit dem Scheinwerfer die glitschigen Stufen.

Aber beim Anblick seines dicken, struppigen Freundes in der offenen Tür brauchte Lio keine weitere Hilfe. Mit einem Satz sprang er ihm entgegen.

Tobias beobachtete verwundert, dass sich die beiden mit den Schnauzen anstupsten.

»Ähm, ist das so üblich unter Bücherhütern?«, fragte er Momme zweifelnd.

Finja neben ihm zupfte ihre Frisur zurecht und lächelte.

»Tja, wenn der eine von ihnen eine Bücherhüterin ist, schon«, sagte sie und klopfte Tobias auf den Rücken. »Ich glaube, wir werden hier sogar bald ganz viele Kleine haben.«

Momme kratzte sich hinter dem Ohr, Tobias klappte den Mund auf, aber es fiel ihm darauf einfach keine passende Antwort ein.

Viel später, als alles erzählt war und jeder Bescheid wusste, saß Momme eine Weile schweigend neben Finja auf dem abgeschabten Samtsofa in der Bibliothek. Die Hunde schnarchten um die Wette, die bullernde Heizung kämpfte mühsam gegen die feuchte Kälte in den dicken Mauern an.

Vorsichtig nahm Momme Finjas Hand, die während des Kampfes um Lios Buch in der Dunkelheit verletzt worden war.

»Tut es noch weh?«, fragte er schüchtern.

Finja schüttelte den Kopf. Ihre Haare streiften sein Gesicht, aber sie zog ihre Hand nicht weg.

Valentin Cantimpre hatte an der Decke eine Glühbirne eingeschraubt, damit Tobias seine Urwaldfotos anschauen konnte. Er räumte aus der einzigen bisher wiederaufgetauchten Bücherkiste drei Märchenbände in die leeren Regale.

»Eigentlich bin ich ganz froh, dass ich alles neu einrichten kann«, sagte er plötzlich. »Ich finde, hier gehören unbedingt ein paar mehr Kinderbücher hinein.«

Das Bücherhüter-Paar beobachtete ihn dabei zufrieden aus dem alten Ledersessel. Vor ihnen auf einem runden Tisch lag das geheimnisvolle, alte Buch, das alle zusammengebracht hatte.

Mit seiner schmalen Pfote schob Lio es zu Momme hinüber.

»Nun muss noch ein neues Kapitel dazugeschrieben werden«, zischte er.

Langsam schlug Momme die erste, von tiefblauen und rubinroten Schnörkeln umrahmte Seite auf und entzifferte die seltsamen, geschwungenen Buchstaben:

Liebe Leser,

dies ist die jahrhundertealte Geschichte der Bücherhüter. Woher sie kommen, ist bis heute rätselhaft. Solltet ihr jemals in einer Bibliothek oder Bücherei auf solch ein sonderbares Tier stoßen, dann müsst ihr Folgendes wissen: Der erste Bücherhüter, der von Menschen entdeckt wurde, hieß ...